10대에게 권하는 우리 문학

10대에게 권하는 우리 문학

초판 1쇄 인쇄 2025년 7월 24일
초판 1쇄 발행 2025년 8월 5일

지은이 오창은 **펴낸이** 김종길
펴낸 곳 글담출판사 **브랜드** 글담출판

기획편집 이경숙·김보라 **영업·홍보** 김보미·김지수
디자인 손소정 **관리** 이현정

출판등록 1998년 12월 30일 제2013-000314호
주소 (04029) 서울시 마포구 월드컵로8길 41 (서교동 483-9)
전화 (02) 998-7030 **팩스** (02) 998-7924
블로그 blog.naver.com/geuldam4u **이메일** geuldam4u@geuldam.com

ISBN 979-11-91309-90-4 (43810)

책값은 뒤표지에 있습니다.
잘못된 책은 바꾸어 드립니다.

일러두기
이 책에 인용한 작품은 대부분 저작권자의 동의를 얻었습니다. 다만 저작권자와 연락이 닿지 않아 동의를 얻지 못한 일부 작품은 확인하는 대로 통상의 사용료를 지불하겠습니다.

만든 사람들
책임편집 김보라 **디자인** 손소정 **교정교열** 김은경

글담출판에서는 참신한 발상, 따뜻한 시선을 가진 원고를 기다리고 있습니다.
원고는 글담출판 블로그와 이메일을 이용해 보내주세요. 여러분의 소중한 경험과 지식을 나누세요.
블로그 blog.naver.com/geuldam4u   **이메일** geuldam4u@geuldam.com

문학의 즐거움을 알려 주고 자아 성장을 돕는 책

10대에게 ★ 권하는 우리 문학

오창은 지음

문학은 우리가 살아가는 세상을 비추는 거울이자
세상에 없는 곳을 향해 떠나는 여행입니다

| 프롤로그 |

문학은 존재하지 않는 세계를 향한 꿈입니다

　좋은 글을 읽고 쓰는 것은, '마음의 집'을 짓는 것과 같습니다. 누구나 마음속에 하나의 집을 품고 있습니다. '마음의 집'이 점점 형태를 갖춰 나가면 자신의 세계가 만들어지지요. 절실함을 담아 마음속 이야기를 써 본 적이 있나요? 그런 글을 읽고 감동한 적은 있지요? 그렇다면 이미 '마음의 집' 짓기인 문학하기에 첫발을 내디딘 것과 같습니다.
　문학은 간절한 마음으로 혼자 중얼거리기입니다. 절박하게 되뇌이다 보면 자신도 모르게 집중하게 되지요. 그렇게 '마음의 집'이 만들어집니다. 절실하게 쓴 '마음의 집'에서는 해방감이 느껴집니다. 문학을 한다는 것은 글쓰기의 쾌감, 글 읽기의 즐거움을 느끼는 것이지요.

문학은 정신의 영양제이자, 마음의 비타민입니다

　10대에게 문학을 권하는 이유로 다음 세 가지를 들 수 있습니다.
　첫째, 문학을 통해 자신의 마음을 더 잘 이해할 수 있습니다. 무엇이 옳고 그른지를 아는 것이 이성의 힘입니다. 하지만 옳고 그른 것을 안다고 해도 마음이 내키지 않으면 옳은 일을 행동으로 옮기기는 쉽지 않습니다. 감수성은 세상을 받아들이는 능력입니다. 감수성과 문학은 서로 깊게 연결되어 있습니다. 이성과 논리만으로 해결되지 않는 내 마음의 작용을 알게 하는 데 문학적 감수성이 큰 영향을 미칩니다.

둘째, 내 마음의 이해에서 출발해 다른 사람의 마음을 이해함으로써 스스로에게 관대해질 수 있습니다. 문학 작품은 나와 다른 사람의 관계를 동등한 위치에서 바라보게 합니다. 몰입의 힘 덕분이지요. 흥미로운 문학 작품은 독자를 몰입의 세계로 이끕니다. 자신에게 집중함으로써 다른 사람의 삶도 이해하게 되고, 그럼으로써 자신의 삶을 새롭게 성찰하게 해 줍니다. 이야기의 몰입으로 '다른 이의 삶을 통해 자신의 삶'을 되돌아보게 하는 것이지요.

셋째, 문학은 삶을 아름답게 하는 길을 알려 줍니다. 시의 언어는 아름다운 이미지로 가득하고, 소설은 호기심을 잡아끄는 이야기로 만들어져 있습니다. 문학은 아름다움에 반응하는 몸을 만드는 데 도움을 줍니다. 시적인 언어에 대한 느낌, 좋은 문장을 보는 안목, 그리고 잘 만들어진 허구의 세계에 대한 감동이 삶을 아름답게 만듭니다. 그래서 문학을 정신의 영양제이자, 마음의 비타민이라고 합니다. 또한 잔칫날 이웃과 나눠 먹는 '정이 담긴 떡'처럼 풍요로운 것이기도 합니다.

'아름다움이 우리를 구원하리라'

문학을 권하면서 10대의 찬란한 영혼들에게 부탁하고 싶습니다. 문학이 재미있다고 문학만 해서는 안 됩니다. 문학을 통해 삶을 공부하고, 삶을 공부하면서 문학을 해야 합니다. 프랑스 철학자 미셸 푸코(Michel Foucault)는 "모든 개인의 삶은 하나의 예술 작품일 수 있지 않은가. 회화나 건축이 미술품인데, 어째서 우리의 삶이 그렇지 않아야 하는가"라고 했습니다. 삶이 바로 예술이고, 삶을 깊이 이해하는 것이야말로 진정한 문학하기입니다. 자신의 삶을 예술 작품 다루듯이 소중하게 아끼면 좋겠습니다. 그렇기에 좋은 독자가 되어 좋은 삶을 사는 것도 삶으로 문학하기의 한 방법입니다. 이 책을 읽는 누군가는 문학을 직업으로 삼는 작가의 길을 걷고 싶어할 수도 있습니다. 만약 문학에 대한 탁월한 재능을 갖고 있다면 작가가 되어 문학만 해도 좋은 일입니다. 그 탁월한 재능은 자신을 위해서도, 다른 사람을 위해서도, 그리고 세상을 위해서도 소중하고 아름답게 쓰일 수 있으니까요.

  이 책을 읽으면서 아름다움을 소중히 하고, 자유의 소중함을 느낄 수 있기를 바랍니다. 시를 통해서는 자신의 마음을 다시 살피는 법을 익히고, 소설을 통해서는 다른 사람의 삶을 깊이 있게 상상하는 법을 알아갈 수 있었으면 좋겠습니다. 희곡·수필·평론을 통해서는 더 많은 종류의 문학을 경험하면 좋겠습니다. 이 책이 학교에서 배우는 문학과는 다른 방식으로 읽히기를 바랍니다. 이 책이 스스로 문학의 즐거움을 발견하는 데에 유용하게 쓰였으면 하는 바램입니다.

  좋은 문학 작품에는 '자유'를 향한 희망이 깃들어 있습니다. 아름다움이 우리를 구원합니다. 자신의 마음을 제대로 앎으로써 우리 스스로를 구해 낼 수 있습니다. 좋은 문학 작품을 읽으면서 삶을 자유롭게 해방하는 기술을 터득하기를 바랍니다.

2025년 7월
함께 만드는 아름다운 세상을 상상하며
오창은

차례 Contents

프롤로그 문학은 존재하지 않는 세계를 향한 꿈입니다 •4

CHAPTER 01. 문학에 대해 알아보아요

01. 국어 교과서에 나오는 문학 작품은 왜 재미가 없나요? •12
02. 왜 시와 소설을 읽으면 좋다고 하는 걸까요? •23
03. 공감적 상상력이 왜 필요할까요? •34

생각 더하기+ 국어국문학과와 문예창작학과는 어떻게 다른가요? •51

CHAPTER 02. 한국 시에 관해 알아보아요

01. 시의 언어는 왜 다를까요? •56
02. 시와 상상력은 어떤 관계가 있나요? •68
03. 시의 리듬이란 무엇일까요? •79
04. 사랑의 언어는 어떻게 시와 만날까요? •88
05. 왜 시를 읽어야 하나요? •97

생각 더하기+ 문학관은 무엇을 하는 곳인가요? •104

CHAPTER 03. **한국 소설에 관해 알아보아요**

01. 소설은 어떻게 거짓으로 진실을 이야기하나요? • 110
02. 소설을 통해 다른 세상을 꿈꿀 수 있나요? • 120
03. 공감은 어떻게 세계를 확장하나요? • 131
04. 착한 소설이 좋은 소설일까요? • 140
05. 왜 소설을 읽고 공부해야 하나요? • 150

생각 더하기+ 한강 작가의 노벨문학상 수상은 어떤 의미가 있나요? • 162

CHAPTER 04. **희곡, 수필, 평론에 대해 알아보아요**

01. 희곡과 연극은 어떤 관계인가요? • 168
02. 희곡은 무엇이며 어떻게 읽어야 할까요? • 179
03. 수필이란 무엇인가요? • 194
04. 수필의 특징은 무엇인가요? • 206
05. 문학 평론이란 무엇인가요? • 220

생각 더하기+ 북한문학도 한국문학에 포함되나요? • 228

CHAPTER 05. **미래의 문학은 어떤 모습일까요?**

01. 좋은 문학이란 무엇일까요? • 234
02. 한국문학도 세계문학인가요? • 247
03. 인공지능이 인간의 문학을 대체할 수 있나요? • 256

생각 더하기+ 청소년문학은 왜 따로 구분할까요? • 264

{ CHAPTER 01 }

문학에 대해 알아보아요

좋은 문학 작품에는 재미와 진실이 있습니다. 흥미로운 이야기에는 지혜가 담겨 있고 아름다운 시는 마음의 풍경을 그립니다. 그래서 문학 작품을 읽으면서 즐거움을 얻고 감동하게 되지요.

그런데 학교에서 배우는 문학은 어떤가요? 이상하게도 재미가 없습니다. 아무리 좋은 문학 작품도 시험을 위해 외워야 하는 것이라면, 힘든 일로만 다가올 겁니다. 강렬한 느낌을 받는 것과 강렬한 느낌을 받아야 한다고 강요당하는 것은 다르지요. 소설 속 이야기에 스스로 빠져드는 것과 시험을 보기 위해 소설의 이야기를 익혀야 하는 것은 차이가 있습니다. 왜 학교에서 배우는 문학은 재미가 없을까요? 좋은 문학은 어떤 문학일까요? 함께 생각하는 시간을 가져 봅시다.

1
국어 교과서에 나오는 문학 작품은 왜 재미가 없나요?

우리는 무엇에서 마음의 위안을 얻나요?

모두가 잠든 새벽 2, 3시경의 밤거리를 걸어 본 적이 있나요? 도시를 밝히던 간판과 네온사인의 불은 모두 꺼지고 쓸쓸히 가로등만 켜져 있지요. 온 세상의 움직임도 멈춰 버린 듯하고 밤안개 같은 빛이 거리를 휘감고 있어요. 고요의 이불이 세상을 덮은 듯한 느낌이 들지요. 도시의 길들이 낮게 드러누워 잠든 것 같아요. 침묵에 빠져든 도시를 걷다 보면 혼자만 움직이고 있는 듯한 외로움에 젖어들곤 합니다. 저 멀리 우주에는 별들이 보일 듯 말 듯 반짝이고 나의 움직임에 따라 별들도 미세하게 이동하는 듯한 느낌마저 듭니다. 고독, 두려움, 깊이를 가늠할 수 없는 외로움의 수렁으로 들어가는 것 같아요.

'아, 나는 원래 혼자일 수밖에 없구나. 세상이 잠들어 있을 때 혼자 깨어

있으니 고독하고도 쓸쓸하구나. 외로움이 나를 드넓은 우주와 연결시키는 것 같구나.'

한 번쯤은 누구나 절대 고독의 순간을 경험합니다. 친구와 놀다가 늦어져 깊은 밤에 혼자 집으로 돌아갈 때, 답답한 마음에 무작정 집을 나섰을 때, 가족과 다투고 혼자 있고 싶어 새벽 거리로 나설 때 홀로서기를 하게 됩니다. 밤에 혼자 걸을 때면 물에 젖은 것처럼 촉촉한 슬픔의 감정이 밀려옵니다. 모두가 열심히 움직이는 낮에는 전체에 속한 하나의 조각이었다가 홀로 깨어 있는 밤 시간에는 온전히 하나인 나를 생각하게 되지요. 그렇습니다. 바쁜 일상 속에서 정신없이 생활하다 보니 고독해질 여유마저도 없었던 것이지요. 사람은 외로우면 자신의 내면에 집중하게 됩니다. 하지만 고독이 두려우면 '내면을 응시하는 고독의 순간'을 회피하게 됩니다.

마음에 외로움과 슬픔의 물결이 밀려들 때 시와 음악은 큰 위로가 됩니다. 쓸쓸한 마음으로 혼자서 길을 걸을 때 내 마음과 같은 선율의 음악을 듣습니다. 세계와 나는 음악으로 연결되어 있다는 느낌을 받습니다. 모차르트의 〈피아노 소나타 14번〉을 듣다 보면 '아아, 피아노 리듬으로 마음의 물결이 만들어지는구나, 내 마음도 선율 따라 흐르는 것 같다'라며 감동하지요. 이성부 시인의 「봄」과 같은 시를 읽다 보면 '세상에는 나만 있는 것이 아니구나, 나와 같은 느낌을 갖고 있는 사람이 봄에서 희망을 찾아 스스로를 위로하고 있구나'라며 공감하게 되지요. 시에도 리듬이 있고, 음악에도 리듬이 있습니다. 마음은 리듬을 타고, 감정도 리듬에 따라 움직이지요. 리듬은 자연의 호흡과 같습니다. 반복되는 듯하면서 변화가 이뤄지지요. 자연의 흐름에 나 자신을 맡기면 대부분의 생명이 그렇듯 깊은 위로를 받는 듯한 느낌에 젖어 듭니다. 마치 혼자 걸을 때 하늘에서 반짝이는 별들이 위로의 미소를 보내는 것처럼요.

문학은 일정한 궤도 속 작은 일탈을 꿈꾸게 해요

새벽녘 고독에 젖어 슬픔의 물결을 따라 거닐 때 저를 크게 위로해 주었던 시 한 편이 생각납니다. 김중식의 「이탈한 자가 문득」입니다.

> 우리는 어디로 갔다가 어디서 돌아왔느냐 자기의 꼬리를 물고 뱅뱅 돌았을 뿐이다 대낮보다 찬란한 태양도 궤도를 이탈하지 못한다 태양보다 냉철한 뭇별들도 궤도를 이탈하지 못하므로 가는 곳만 가고 아는 것만 알 뿐이다 집도 절도 죽도 밥도 다 떨어져 빈 몸으로 돌아왔을 때 나는 보았다 단 한 번 궤도를 이탈함으로써 두 번 다시 궤도에 진입하지 못할지라도 캄캄한 하늘에 획을 긋는 별, 그 똥, 짧지만, 그래도 획을 그을 수 있는, 포기한 자 그래서 이탈한 자가 문득 자유롭다는 것을
>
> — 김중식, 「이탈한 자가 문득」, 『황금빛 모서리』(문학과지성사, 1993)

지구는 중력의 영향으로 균형을 유지합니다. 강력한 힘에 이끌려 벗어나려고 하면 할수록 더 큰 힘으로 더 빠르게 '원 운동'을 하지요. 지구가 태

양의 중력에 지배를 받듯 태양계는 은하계의 일부로서 운동을 하고 있습니다. 벗어나려는 힘과 잡아당기는 힘이 궤도를 만들고, 꼬리에 꼬리를 물고 이어지는 운동이 오히려 안정적 상태를 만듭니다. 열심히 최선을 다해 살다 보면, 무엇을 위해 열심히 사는지 되돌아볼 기회를 잃게 될 때가 있습니다. 나만 그런 것이 아니라 모두가 자기 역할에 충실하기에 '다름'에 관해 생각해 볼 여지가 없어지는 것이지요.

하루하루의 생활도 마찬가지입니다. 오늘 하루를 되돌아볼까요? 아침에 일어나서 식사를 하고, 서둘러 학교에 가지요. 학교생활은 긴 수업 시간과 짧은 휴식 시간의 연속입니다. 점심시간이 그나마 한숨 돌릴 수 있는 여유를 주지요. 오후에도 다시 긴 수업 시간과 짧은 휴식 시간이 이어집니다. 한국의 모든 중·고등학생들의 생활이 비슷합니다. 반에서 일 등을 하는 학생도, 최고의 모범생도, 열심히 공부해서 더 나은 성취를 하려는 학생도, 반항심 강한 학생도, 꼴찌도, 심지어는 선생님들도 이 궤도를 이탈하지 못하지요. 시인은 이것을 "대낮보다 찬란한 태양"도 "태양보다 냉철한 뭇별들"도 같은 처지라고 했습니다. 열심히 살기는 했지만, "가는 곳만 가고 아는 것만 알 뿐"인 것이지요.

예외적 순간은 있습니다. 학교 대표로 선발되어 교외 백일장에 참가하는 경우를 상상해 봐요. 다른 모든 친구들은 수업을 하고 있어요. 홀로 교문을 나서서 백일장 대회장으로 간다고 했을 때 자랑스러운 느낌도 있지만 혼자 있는 듯한 불안감도 들지요. 모두가 정상적인 궤도에 있는데 '이탈한 자'가 되어 학교를 잠시나마 떠나는 것이니까요. 교외 백일장 대회에 참가하고 온 다음 날은 어떤가요? 친한 친구들이 궁금해하며 '어제 어땠냐'고 물어올 수도 있지요. 어쨌든 다시 학교로 돌아왔으니 이 시가 이야기하는 "두 번 다시 궤도로 진입하지 못"하는 상황과는 다르겠네요. 이탈리아 음식 셰프가 꿈인 학생이 이탈리아로 유학을 떠나기 위해 학교를 자퇴해야 하는 상황을 상상해 볼까요? 자신의 꿈을 위해 학교를 떠나고, 한국을 떠나는 것은 큰 용기를 필요로 합니다. 어쩌면 다시는 학교로, 한국으로 되돌아 오지 못할 수도 있다는 불안한 예감이 들 수도 있겠지요. 평소처럼 자신에게 주어진 공부를 하고 있는 학생들의 입장에서는 '궤도를 이탈한' 것처럼 보이고, 떨어지는 '똥'처럼 초라해 보일 수도 있겠지요. 하지만 유학을 떠나는 학생은 '궤도를 이탈'함으로써 '새로운 궤도'로 진입하는 것일 수도 있습니다.

'똥'은 찬란한 '별똥'이기도 합니다. 궤도 안에서는 찬란한 빛을 발하지 않지요. 궤도를 벗어나 엄청난 에너지를 획득한 순간, 하늘에 획을 긋는 빛을 뿜어내지요. 그런 순간이 있지요. 불꽃처럼 열정을 발휘하는 순간이요. 자신이 좋아하는 일에 집중했을 때, 주변 환경에 아랑곳하지 않고 자신이 추구하는 일을 위해 선택을 할 때, 결단을 할 때요. 그때가 바로 '똥'에서 '별똥'이 되는 순간입니다. 모든 별은 소멸의 순간을 견디고 있습니다. 발광하는 별빛은 자유에 대한 보상이자, 소멸하는 아름다움의 순간이기도 합니다.

저는 「이탈한 자가 문득」을 처음 읽었을 때의 충격을 잊지 못합니다. 하루하루 견디고 있던 팽팽한 긴장의 끈이 '툭'하고 끊기는 듯했어요. 밤하

별은 궤도를 벗어날 때 엄청난 에너지로 하늘에 찬란한 획을 긋습니다.

늘의 별똥별처럼 아득해지는 느낌과 함께 '그 순간이 참 찬란하구나' 하며 감탄했습니다. 우리는 모두 궤도를 이탈하지 못하고 살아갑니다. 운명에 순응하며 꼬리에 꼬리를 무는 반복적인 생활을 하지요. 그러면서도 우리 모두는 한때나마 대열을 벗어나 아프지만 찬란했던 경험을 갖고 있기도 합니다. 큰 사건이든, 작은 사건이든 '자유'의 순간은 분명히 있었습니다.

지금도 이 시를 읽으면, 가슴에 한 가닥 획이 그어지는 듯한 느낌에 젖어 듭니다. 그 다음에는 세상을 바라보는 마음가짐을 새로이 하게 되지요. 자유는 중력으로부터의 탈출, 궤도로부터의 이탈, 그리고 운명에 대한 저항입니다. 속박에서 벗어나 질주함으로써 인간은 제 삶의 주인은 '나'라는 '자유의 깨달음'을 얻습니다. 자유는 용기이며 결단입니다. 한순간에만 머문다면 '파괴적 자유'이겠지만, '자기 보존적 자유'는 찬란했던 순간의 이후까지 책임지려는 의지를 필요로 합니다. 이 시는 '별똥별'을 '고귀한 순간'으로 표현했기에 감동을 불러옵니다.

교과서에 싣기 적합한 작품은 어떤 작품일까요?

좋은 시 한 편을 감상했으니, 이런 질문을 던져 볼까요?
「이탈한 자가 문득」은 국어 교과서에 실릴 만한 작품일까요, 아니면 국어 교과서에 실리기에는 적절하지 않은 작품일까요?
이 작품은 지금까지는 국어 교과서에 실리지 않았습니다. 왜 그럴까요?

국어 교과서에 수록되는 문학 작품은 몇 가지 기준에 따라 선별됩니다. 학생들에게 가르치기에 적합한 문학 작품은 문학의 미적 기능, 인식적 기능, 윤리적 기능에 적합해야 합니다. 미적 기능은 아름다움을 체험할 수 있어야 한다는 것을 말하고, 인식적 기능은 새로운 사실에 대한 깨달음을 얻을 수 있어야 한다는 것을 말합니다. 윤리적 기능은 사회적으로 올바른 삶을 알아 가도록 해야 한다는 것을 말하지요.

「이탈한 자가 문득」은 삶의 아찔한 순간을 잘 포착해서 그렸기에 미적 기능에서는 적절합니다. 인식적 기능의 측면에서 보았을 때도 중력의 지배와 예외적 상황의 발생을 그리고 있기에 크게 문제가 될 것은 없습니다. 하지만 윤리적 기능에서는 문제가 될 수 있습니다. 이 시는 궤도를 돌며 열심히 생활하는 사람들을 '세상이 돌아가는 것에 질문하지 않는 사람들'이라고 지적하는 반면, 궤도를 벗어난 사람에게는 '자유롭다'라는 칭찬을 보내지요. 일상생활의 반복과 지루함을 비판하면서 순간의 아름다움을 예찬하고 있습니다. 윤리적인 사람들은 삶에 충실하면서도, 세상을 점진적으로 바꾸려고 노력하지요. 읽기에 따라 이 시는 일상생활을 충실하게 사는 사람을 비판하는 것처럼 보일 수도 있어요. 그래서 윤리적 기능을 위반하고 있다고 볼 수 있지요.

국어 교과서는 정상적인 삶과 비정상적인 삶을 구분합니다. 정상적인 삶은 윤리적으로 올바르다고 보고, 비정상적인 삶은 윤리를 위반한 것처럼 말합니다. 문학은 아름다움을 추구하다 보니 때로는 윤리적 기준에 맞지 않는 세계를 그리기도 합니다. 삶에는 선이 있으면 악이 있고, 아름다움이 있으면 추함도 있습니다. 앎을 통한 깨달음의 기쁨이 있다면, 무지로 인한 어리석은 판단도 있지요. 문학 작품은 이 모두를 포함하여 인간의 삶을 예술적으로 그립니다. 하지만 국어 교과서는 교육적 기능을 중요하게 여기므로 윤리적 기준에 어긋나는 세계를 다룬 작품을 싣기에는 무리가 있겠지요.

교과서에는 다양한 기준에 따라 선별한 문학 작품이 실려요

국어 교과서는 문학의 역사를 고려하고, 문학 작품을 유형별로 골고루 고려하며, 주제적 측면에서는 주류적 관점을 중시하여 수록 작품을 선택합니다.

국어 교과서에 수록하는 문학 작품은 삼국시대, 고려시대부터 현대의 문학까지 모두 포함하는 문학사를 다루려고 합니다. 문학의 역사적 변화를 압축하려다 보니 그 시대를 대표하는 작품 위주로 선택하여 교과서에 실리는 것이지요.

유형별 분류도 교과서에 수록되는 작품의 선택에 영향을 미칩니다. 교과서에는 서정 갈래(시), 서사 갈래(소설), 극 갈래(희곡), 교술 갈래(수필)로 구분하여 대표작품을 제시하지요. 문학을 갈래별로 제시하다 보면, 유형화가 어려운 작품은 빠지게 되지요. 새롭게 등장하는 문학의 유형도 놓치게 됩니다. 예를 들면, 새롭게 등장한 인터넷 웹소설이나 게임 시나리오

문학 작품은 시, 소설, 희곡, 수필 등의 갈래로 구분합니다.

와 같은 유형의 작품은 교과서에 수록이 안 되잖아요.

국어 교과서는 일반적으로 소수자의 관점보다는 그 시대의 주류적인 관점을 취합니다. 국어 교과서를 통한 교육 과정은 사회화 과정의 일부이기도 합니다. 국어 교과서가 출간된 시대가 추구하는 보편적인 가치를 보다 더 중시하지요. 여성, 장애인, 이주노동자, 성적 소수자를 다룬 문학은 교과서에 상대적으로 덜 등장합니다.

국어 교과서 속 문학 작품은 악한 세계보다는 선한 세계를, 추함을 통한 아름다움보다는 아름다움 자체를 중시합니다. 무지를 비판하면서 앎으로 나아가는 인식적 기능을 중요하게 생각하지요. 또 생각해 봐야 할 것은 교과서에 게재되는 문학 작품도 변해왔다는 것이지요. 교과서에 수록되는 문학 작품은 한국 사회가 얼마나 개방적인지를 보여주는 척도라고 할 수 있습니다. 그렇기에 현재의 교과서 속 문학 작품이 문학사, 유형화, 주류적 관점 위주로 만들어지고 있다 하더라도, 미래에는 좀 더 개방적이고 포용적인 방향으로 변화할 수도 있으리라 기대해 봅니다.

왜 시와 소설을 읽으면 좋다고 하는 걸까요?

처음으로 경험한 창작의 고통

중학교 2학년 때였습니다. 제가 다니던 중학교에서는 매년 '종합예술제'가 열렸습니다. 오랜 시간동안 공연, 전시, 연극 공연을 준비합니다. 행사가 있는 날에는 학부모와 다른 중학교 학생들을 초청합니다. 일종의 축제가 벌어지는 것이지요. '종합예술제'는 모든 준비를 학생들이 스스로 했습니다. 저는 친구들과 함께 연극을 만들어 공연하기로 했는데요, 그 대본을 제가 쓰기로 했지요. 무모한 도전이었지만 스스로 나서서 대본을 쓰겠다고 했습니다. 원고가 나와야 하는 날은 가까워지는데, 이야기가 머릿속에서만 맴돌 뿐 정작 글을 잘 쓸 수가 없었습니다. 처음으로 경험한 창작의 고통이었지요. 친구들에게 내가 대본을 쓰겠다고 했을 때 모두 '대단하다, 기대된다'며 환호했어요. 시간이 지나도 글을 보여 주지 못하자 그 환호는 점차 의심의 눈초리로 변하기 시작했고요. "정말 연극 대본이 나올 수는 있는 거냐?", "이러다 우리 연극 못 하는 것 아니냐?"라는 이야기까지 했어요. 어떤 친구는 지금이라도 늦지 않았으니, 선생님께 도움을 받자고 했습니다. 선생님이 추천해 주는 희곡으로 연극을 준비하자는 의견이었어요. 저는 "꼭 써낼 테니 기다려 줘"라며 친구들을 설득했지요.

마음이 급해지자 이런저런 소설을 읽으며 참고하려고 했어요. 소설 속 이야기를 연극의 형태로 바꾸려고 했던 거지요. 스스로 이야기를 만들어야 한다는 조급한 마음에 도서관에서 소설책들을 빌려서 급하게 읽었습니다. 수업 시간에도 공부는 하지 않고, 조마조마한 마음으로 소설책을 읽기도 했어요.

국어 시간이었어요. 국어 교과서에 소설책을 포개어 읽다가 선생님께 들켰습니다. 머리를 숙이고 소설책에 빠져든 저를 발견하고는 지적해서 일으켜 세운 것이지요. 그때, 가슴이 덜컥 내려앉았습니다. 국어 선생님은 수업 시간에 딴짓을 한다고 호통치며 제게 다가와 혼내기 시작했어요. 화난 목소리가 교실에 쩌렁쩌렁 울렸지요. 모든 반 친구들이 국어 선생님과 나를 숨죽이며 지켜보고 있었지요. 나는 선생님께 야단을 맞고 있다는 두려움보다는 친구들 앞에서 망신을 당하고 있다는 부끄러움이 더 커서 말도 못 하고 고개만 푹 숙이고 있었습니다. 제대로 대답도 못 하고 우물쭈물하자 선생님은 더 크게 혼냈어요. 야단을 치면서 국어 선생님은 제가 몰래 읽고 있던 책을 살펴보기 시작했어요.

제가 몰래 읽고 있던 책은 '제5회 이상문학상 수상작품집'인 『엄마의 말뚝2 외』였습니다. 그 책에 수록된 문순태 소설가의 「철쭉제」를 읽고 있었어요. 중학교 2학년 학생이 보기에는 어렵다고 생각되는 소설이었지요. 국어 선생님께서는 흥분을 가라앉히며 책을 제게 되돌려 주고는 다시 칠판 앞으로 가셨습니다. 그러면서 조금은 누그러진 목소리로 "수업 시간에는 보지 마라"라고만 하셨습니다.

 중학교 2학년 국어 시간의 풍경이 제 기억 속에 깊이 새겨져 있어요. 국어는 제가 제일 좋아하는 과목이었습니다. 그런데도 연극 대본을 빨리 써야 한다는 조바심 때문에 수업 시간에 다른 책을 읽었던 것이지요. 문순태의 「철쭉제」 속 이야기에 너무 빠져든 나머지 수업 중이라는 것조차 잠시 잊었죠. 그러다가 선생님께 들킨 것입니다.

문학 읽기를 통한 길찾기의 경험

「철쭉제」는 우리나라의 큰 산인 '지리산'을 배경으로 펼쳐지는 살인과 복수를 다룬 단편소설입니다. 사건과 사건이 이어지면서 펼쳐지는 이야기의 세계에 나도 모르게 빠져들었지요. 소설 속 주인공은 엄청난 노력을 해 검사가 된 후 고향으로 돌아옵니다. 주인공의 고향은 지리산 아래에 있는 구례의 솔매마을입니다. 주인공의 아버지는 한국 전쟁 때 희생당했습니다. 머슴이던 박판돌에게 지리산으로 끌려간 후, 주인공의 아버지는 다시 돌아오지 못했습니다. 마을에서는 박판돌이 아버지를 죽였다는 소문이 떠돌았지요. 주인공은 아버지의 복수를 다짐하고 고향을 떠났고, 박판돌은 구례읍에서 사료 공장을 운영해 성공한 부자가 되었습니다. 세월이 흘러 검사로 고향에 부임해 온 주인공은 박판돌을 수사합니다. 그러고는 박판돌에게 아버지가 묻힌 지리산 '세석평전'으로 안내하라고 하죠.

　이 소설은 주인공과 박판돌이 함께 지리산으로 오른 6일 동안의 이야기를 담고 있습니다. 「철쭉제」를 읽으며 제가 충격을 받은 장면은 주인공의 아버지 유골을 발굴하는 현장을 그린 부분이었습니다. 관에 넣지도 않고 임시로 묻었던 주인공의 아버지 유골은 너무도 잘 보존되어 있었습니다. 묻힌 지 30년이 지났는데도 말이지요. 철쭉 뿌리가 유골을 칭칭 감아 튼튼한 관 역할을 했던 것이지요. 이 부분을 작가는 너무도 생생하게 그려 냈습니다.

　유골 발굴 장면을 읽으면서 인간의 죽음은 자연의 일부가 되어 가는 과정이라는 생각을 했습니다. 그리고 죽음에 관해 생각하면서 나의 삶은 어떤 모습이어야 할까, 하는 고민도 했어요. 「철쭉제」에서 아이디어를 얻어 「나는 조센징입니다」라는 희곡을 썼습니다. 아버지 세대와 아들 세대의 이야기를 '한국전쟁과 현대'에서 '일제강점기와 현대'로 변형한 것이지요. 일제강점기 일본으로 건너간 부모에게서 태어난 재일 조선인 2세가 일본에서 차별을 받으면서 부모님을 원망한다는 내용이었습니다. '조센징'은 본래는 '조선인'을 일본식으로 읽은 것이라 차별의 의미가 없었으나 일제강점기를 거치며 일본인들이 조선인을 낮춰서 부르는 말이 되었습니다. 이를 더 적극적으로 해석해 '자랑스러운 조센징'이라는 느낌으로 조금은

이상문학상은 소설가 이상을 기려 문학사상사에서
1977년 제정한 한국의 대표적인 문학상입니다.

강하게 제목을 지었어요. 「철쭉제」처럼 부모님 세대의 아픔을 이해해 가면서 주체적으로 일본인이 아닌 재일 조선인으로서의 정체성을 받아들인다는 내용이었습니다. '종합예술제' 무대에 올려져 친구들과 함께 뿌듯한 성취감을 맛보았습니다.

국어 선생님께 수업 시간에 소설을 읽는다고 혼나기는 했지만, 왜 더 크게 혼내시지 않았는지도 알 것 같습니다. 선생님께서는 평소에 열심히 수업을 듣던 제가 딴짓을 한 것에 크게 실망했던 것 같습니다. 그러다가 중학교 2학년 학생이 『제5회 이상문학상 수상작품집』을 읽고 있었다는 사실에 다소 놀란 눈치였습니다. 만약 그때 국어 선생님께서 무작정 더 혼내기만 했다면, 저는 문학인의 길로 들어서지 않았을지도 모릅니다. 소설을 읽는 저를 용서해 주시는 듯한 태도를 국어 선생님께서 보여 주셨기에 문학은 할 만한 것이라는 생각을 했던 것도 같습니다.

학교에서 배우는 문학은 왜 재미가 없을까요?

그런데 왜 학교에서 배우는 문학은 흥미가 떨어지는 것일까요?

문학은 정해진 규칙을 깨뜨리는 '상상력'이라는 힘을 갖고 있습니다. 국어 시간에 교과서로 공부하는 것이 규칙이라면, 국어 교과서에 소설책을 포개 놓고 읽은 행동은 '규칙을 깨뜨리는 모험'이라고 할 수 있습니다. 학교의 규칙을 지켜야 하기에 선생님으로서는 금지할 수밖에 없는 행위지요. 문학적 상상력은 규칙 너머의 자유로움을 추구합니다. 구속이 없고 자유로울 때 예외적인 상상력이 펼쳐집니다. 문학을 가르치는 국어 선생님께서는 『제5회 이상문학상 수상작품집』을 읽고 있는 자유로움을 절대 용납할 수 없는 일로 보아 혼내기만 할 수는 없었던 거지요. 수업 시간에 딴짓하는 것은 혼나야 하는 일이지만, 문학을 가르치는 국어 시간에 「철쭉제」를 읽는 것은 적당히 용서해 줄 만한 일이었겠지요. 국어 시간에 문학을 가르치는 이유는 학생 스스로 문학을 즐기는 훈련을 하자는 것입니다. 그렇기에 교과서는 아니지만 문학 작품에 집중해 읽고 있는 저를 용서한 것이겠지요.

학교에서 가르치는 문학이 흥미를 끌기 어려운 이유는 학생이 스스로 즐기면서 작품을 읽게 하기보다는 정보와 지식을 전달하려 하기 때문입니다. 만약, 문순태의 「철쭉제」를 학교에서 가르친다면 신분 질서로 인한 원한 관계가 살인과 복수를 불러왔다는 사실을 강조할 겁니다. 한국 전쟁의 비극을 철쭉의 붉은 색깔과 연결해 색채의 이미지로 형상화했다고도 하겠지요. 학생 스스로 「철쭉제」를 즐겁게 읽으려면, 지식을 배워야 한다는 사실로부터 자유로워야 합니다. 재미있게 읽고 자신의 감상을 친구들과 나눌 수 있으면 됩니다. 의미하는 것이나 상징하는 것을 따로 필기할 필요도 없고, 읽고 난 후에 내용을 잊어버려도 상관없습니다. 혹시 마음에 남는 대목이 있다면 스스로 되새겨 보는 것만으로도 충분합니다. 제가 「철쭉제」를 읽고 나서 '주인공 아버지의 유골 발굴 장면'을 인상 깊게 기억하고, 30년 동안 철쭉 뿌리로 보호되던 유골을 상상해 보며 죽음에 관해 생각했던 것처럼 말이지요.

학교에서는 시험에 나오지 않는 내용은 가볍게 다루어지곤 합니다. 즐기고 감상하고, 곱씹어 생각해 보는 것보다는 시험 준비를 해야 하는 것이 우선이니까요. 학교 수업 시간에 자신이 느낀 대로, 자신이 해석한 대로 작품에 관해 이야기했다가 지적을 받은 적이 있을 것입니다. 교과서 해설이나 참고서, EBS 교재에서 해석하는 것과 다른 방식으로 감상하거나 해석하면 안 된다는 것이지요. 자유롭게 해석하면 나중에 시험문제에서 틀릴 것이니 '정해진 답'을 강요하는 것이지요.

분석하기보다 있는 그대로 즐겨 보세요

김소월의 「진달래꽃」을 예로 들어 볼까요? 이 시는 교과서를 통해 접하고 배우는 대표적인 시이지요. 사실, 교과서에 나오지 않았다면 훨씬 많은 이들이 더욱 자유롭게 즐길 수 있었을지도 모르겠습니다. 교과서에서 「진달래꽃」을 가르칠 때는 분석하려고 합니다. 시 속에 드러난 이별의 아픔을 공감하는 읽기가 아니라, 일제강점기에 발표되었다는 사실이 더 강조되기 마련이지요. 그래서 일제강점기 민중의 고통과 한(恨)의 정서가 시 속에 표현되었다는 해석을 강조하지요. 문학 작품이 발표된 시대적 상황을 중시하여 정보를 전달하려 하지요.

「진달래꽃」은 쓰인 시대와는 상관없이 '이별의 아픔'이 느껴지는 아름다운 언어의 시입니다. 시 구절인 "나 보기가 역겨워/ 가실 때에는/ 죽어도 아니 눈물 흘리오리다"를 살펴봅시다. 사랑은 '나와 너'의 관계입니다. 너의 마음이 떠나면, '너의 입장에서 나의 모습은 역겨워'질 수 있습니다. 이별은 나로 인해서가 아니라, 너의 마음이 떠남으로 인해 발생할 수 있습니다. 그때, 나의 슬픔은 무한정 커집니다. 나는 떠나보낼 의사가 없는데 너는 '나를 역겨워'하며 떠나갑니다. 어쩔 도리 없는 이별이지요. 화자는 가시는 님을 떠나보낼 때, "죽어도 아니 눈물 흘리오리다"라고 합니다. '죽을 만큼 슬픕니다'라는 표현보다 훨씬 절박하지요. '눈물이 쉴새 없이 나옵니다'보다도 더 호소력이 있고요. "죽어도 아니 눈물 흘리오리다"라고 반대로 표현한 것입니다. 이것을 '역설적 표현'이라고 합니다. 「진달래꽃」의 역설적 표현에서 진정한 슬픔을 느낀다면, 이 시를 잘 감상한 것입니다. 「진달래꽃」에 공감하는 것이지요. 진학을 위해서만 이 시를 읽으면 먼저 시에 공감하기보다 '학습목표'나 '학습활동' 같은 항목을 설정하여 시를 분석하려 들지요. 시험에 나오지 않는 문학 작품은 읽을 필요가 없다고 말할 정도로 '입시와 진학'을 위한 문학 공부만 강조되지요.

앞서 이야기한 단편소설 「철쭉제」는 예전에는 시험에 출제될 만한 소설이 아니었습니다. 지금은 시간이 지나 「철쭉제」가 대학입시 모의고사에 출제되었다는 소식을 듣고 놀랐습니다. 제가 중학교 2학년일 때는 시험공부용이 아니라 스스로 찾아 읽은 작품이기에 어렵더라도 즐겁게 읽을 수 있었습니다. 그러나 시험공부를 위해 「철쭉제」를 읽어야 한다면 그 즐거움이 고통이 될 수도 있을 것 같아요. 좋은 문학 작품도 스스로 즐겁게

2025년 출간 100주년을 맞은
김소월의 시집 『진달래꽃』 1925년 초판본 표지입니다.

읽느냐, 강제로 읽느냐에 따라 감동의 크기가 다릅니다. 학교에서 배우는 문학은 '입시와 진학의 수단'으로 먼저 다가오기에 재미가 없는 것이지요. 문학은 자유로운 상상입니다. 작품의 줄거리를 애써 외울 필요도 없고, 시험 대비 때문에 밑줄을 그어가며 정리할 필요도 없지요. 집중해서 즐겁게 읽고, 그다음에는 잊어버리면 그만입니다. 다만, 마음에 남는 이미지에 집중해 스스로 생각해 보는 계기를 갖는 것뿐이지요.

시와 소설을 읽는 이유는 자신의 마음을 더 잘 들여다보기 위한 것이지요. 문학 작품에 빠져든 사람은 작품 속 등장인물의 입장에서 그의 처지를 상상합니다. 이를 '공감적 읽기'라고 합니다. 문학 작품은 스스로 자발적으로 집중해 읽어야 마음에 깊은 울림이 생깁니다. 중요하다고 강요한다고 해서 깊은 울림이 생길 수 없지요. 문학은 자유로움 자체이기에 읽기와 쓰기에서도 자유로움을 강조하지요. 자유로운 자는 자기 자신에 관해 깊이 생각할 수 있고, 스스로 '무엇을 하고, 무엇을 하지 말아야 할지'를 알아내는 사람입니다.

공감적 상상력이 왜 필요할까요?

자유로운 해방감을 느낀 적 있나요?

우리는 어디서 와서, 무엇을 하다가, 어디로 가는 것일까요? 내게 주어진 시간과 내가 생활해야 할 공간은 나에게 어떤 의미가 있을까요? 그 어떤 사람도 자신이 태어날 시간을 선택하여 세상에 오지 않았습니다. 자신이 태어날 곳을 정해서 태어난 사람도 없습니다. 인간은 '가족'과 같은 자신이 속한 생활 공동체에서 자라고 '학교'와 같은 곳에서 규칙 등을 배우면서 성장합니다. 사회의 구성원으로서는 규칙에 어긋난 행위를 하지 않고, 다른 사람을 의식하며 행동합니다.

그러다가 어느 순간에는 제약으로부터 자유로워지는 때도 있습니다. 자신이 지켜야 할 모든 약속으로부터 벗어나게 되는 순간도 있지요. 깊이 자신만의 생각에 빠질 때가 그런 때입니다. 늦은 밤 혼자 걸으며 우주의 별들을 바라보게 될 때, 여행을 떠나 혼자 자신을 되돌아 볼 때, 그리고 너무 크게 아파 죽음에 대해 생각할 때, 우리는 '생각하는 존재'가 됩니다. 그리고 그렇게 자신만의 생각에 집중할 때, 인간은 제약으로부터 자유로워지는 '생각하는 사람'이 됩니다. 그런 간절한 집중의 상태에서 해방감을 느끼기도 하고, 더 큰 자유를 갈망하게 되기도 하지요. 그리고 문학 작품에 빠져들 때도, 책 속의 세계에 집중하면서 자기 자신의 처지를 되돌아보기도 하지요.

어린 시절, 다락방으로 올라갔던 때가 생각납니다. 부엌 한쪽에 조금 높다랗게 문이 있었는데요, 그 문을 열면 가파른 계단이 나오고 다시 그 계단을 오르면 조금 넓은 공간이 만들어져 있었습니다. 화장실 천장을 낮게 하여 그 위쪽 공간에 다락방을 만든 것이지요. 그곳에는 오래된 책들, 옛날 앨범, 아버지가 예전에 썼던 공구들, 등산 장비들, 옛날 돗자리, 오래된 그릇들이 쌓여 있었어요. 옛날 주택에는 문간방, 셋방, 다락방 같은 곳이 있었어요. 평소에는 잘 사용하지 않는 곳이어서 가족 중 누군가 숨어들면 좀처럼 찾기 힘든 곳이지요. 다락방은 천장이 낮고, 묵은 물건들이 쌓여 있고, 조명은 있지만 어두웠습니다. 천장이 낮아 설 수도 없어서 앉아 있어야만 했지요.

어린 시절, 제게는 그 다락방이 가족의 시선으로부터 몸을 숨길 수 있는 곳이었습니다. 가끔 몰래 다락방에 스며들어 한두 시간, 혹은 한나절을 마치 집에 없는 듯이 시간을 보내곤 했었어요. 예를 들면 학원에 가기도 싫고, 그 누구도 만나고 싶지 않을 때면 다락방에 숨었습니다. 라면을 끓이다가 어머니가 아끼던 냄비를 태워 먹었을 때도 야단 맞을 것이 두려워 숨어드는 장소였습니다. 카세트 라디오 같은 음향기기를 호기심에 드라이버로 분해했다가 고장 냈을 때도 도망치듯 다락방으로 숨어들었지요. 나의 잘못을 후회하며 돌이킬 수 없는 일들을 피하려고 대책 없이 숨은 것이지요. 가족들이 모두 내가 사라졌다며 걱정을 하다가 찾기에 지쳤을 즈음에 아무도 모르게 살그머니 다락방에서 내려오곤 했어요. 내가 다락방에 숨어 있었다는 사실을 들키면, 나만의 공간이 사라지는 듯이 느껴졌기에 몰래 다락방에서 내려와 집 밖으로 나갔다가 다시 들어오곤 했지요. 그때는 내가 사라진 동안 다락방에 있었다는 사실을 가족들에게 숨기려고 무진 애를 썼답니다.

우리에게는 자기만의 사색 시간이 필요해요

다락방에서는 조마조마한 마음으로 불안에 떠는 감정과 내가 숨어 있는 곳을 아무도 모르리라는 해방의 감정을 동시에 느꼈어요. 일단, 다락방에 들어서면 나만의 생각에 몰두하게 돼요. 생각에 생각을 거듭하는, 일종의 공상의 세계 같은 곳이지요. 영화 〈나니아 연대기〉에서도 그런 설정이 나오지요. 〈나니아 연대기〉는 제2차 세계대전 중에 시골 마을로 피신했던 피터, 수잔, 에드먼드, 루시가 우연히 낡은 옷장에 들어갔다가 '나니아'라는 새로운 세계에서 여행을 펼치는 이야기입니다. 그 세계는 옷장을 중심으로 이쪽 세계와 저쪽 세계로 구분되는데요. 제게는 '다락방이 낡은 옷장이었구나' 하는 생각을 〈나니아 연대기〉를 보면서 했답니다. 소설 『이상한 나라의 앨리스』에서도 앨리스가 모자 쓴 토끼를 따라갔다가 '토끼 굴'로 빨려 들어가 새로운 세계와 만나는 장면이 나오지요. 앨리스가 어느 방에서 '나를 마셔요'라고 적힌 병의 음료를 마시는 순간 새로운 세계가 펼쳐집니다. 조앤 롤링의 판타지 소설 『해리포터』에서도 '9와 3/4 플랫폼'이라는 새로운 세계로 들어가는 관문이 나옵니다. 주인공 해리포터에게는 킹크로스역 10번과 9번 플랫폼 사이의 벽을 통과하는 것이 호그와트 마법학교로 가기 위한 첫 번째 관문이나 마찬가지인데, 용기를 내 그 벽을 향해 돌진하자 '호그와트 급행열차 5972호'가 나오지요.

'낡은 옷장'이나 '토끼 굴', '벽으로 되어 있는 플랫폼'을 통과하는 것처럼 멋진 모험은 아니지만, 저는 '다락방'에서 공상에 빠져들어 다른 세계로 향하는 모험을 했지요. '다락방'은 마법과 같은 환상의 공간이었습니다. 집을 떠나면 어떤 삶을 살 수 있을까? 다른 나라의, 다른 집에서 태어났다면 지금의 나와는 달라질까? 왜 나는 실수와 실패를 반복하고, 부모님께 실망을 안겨 드리는 것일까? 다른 사람의 마음을 읽을 수 있다면, 혹은 내 마음을 다른 사람이 다 알게 된다면 어떤 일이 벌어질까? 투명인간으로 변신한다면 뭘 할까? 이런 생각에 몰두하다 보면, 제가 아닌 다른 사람이나 다른 상황을 상상하게 되지요. 그럼, 시간 가는 줄을 모르고 생각이 이어지는 경험을 해요. 상상의 세계로 빠져들면, 도둑맞은 것처럼 갑자기 시간이 뭉텅이로 사라져 버리곤 합니다. 저의 '다락방 숨기'는 저녁이 되어 어둠이 무서워지면, 혹은 너무 배가 고파서 참을 수 없어지면 속절없이 끝나곤 했습니다. 다락방에서 몰래 내려와 가족들 앞에 모습을 드러내는 순간 감당해야 할 어머니의 야단이 무서웠지만, 언제까지나 다락방에 숨어 있을 수는 없었지요. 계속 있을 수만은 없기에 나만의 '숨은 공간'인 다락방이 더 소중했는지도 모릅니다.

상상은 공상이나 망상과 어떻게 다를까요?

다락방은 어린 시절 내게 주어진 '은둔의 공간이자 생각의 공간'이었던 것 같아요. 어린 시절 다락방에서 혼자인 시간을 보내 보아서 중학교, 고등학교 시절에 소설책을 읽고 시집을 보는 것이 훨씬 수월했다는 생각도 들어요. 지독하게 외로워 본 적이 없는 사람은 상상하는 힘이 약하다고 생각합니다. 상상력은 고독의 순간에 큰 힘을 얻습니다. 온전히 자신에게 긴 시간 몰두할 때 깊이 상상하는 힘이 생깁니다. 항상 주변에 사람이 있고, 누군가와 함께인 사람은 고독하게 자신에게 집중할 시간이 없어요. 혼자 있을 때, 자신의 존재가 위태롭다고 느끼는 순간을 경험할 때, 인간은 지금과는 다른 세계를 꿈꾸게 됩니다. 혹은 지금 자신이 처해 있는 상황을 다른 관점에서 바라보는 상상을 하게 되지요.

상상력은 무엇일까요?

인간은 상상력으로 '보이지 않는 것, 없는 것'을 생각 속에서 만들어 냅니

문학은 상상의 힘으로 훌쩍, 우리를 다른 세계로 데려다 놓습니다.

다. 상상은 공상이나 망상과 구별합니다. 공상은 현실적으로 실현 불가능한 것에 관한 생각을 말합니다. 공상은 서로 연결되거나 연관성 없이 그냥 막연히 떠오르는 생각이지요. 상상은 공상에 비하면 더 긴밀하게 현실과 연결되어 있고, 현실에서 실현할 수 있는 가능성도 큽니다. 당장은 아니더라도 미래에는 실현 가능한 것일 수도 있고요. 그렇기에 지금은 공상인 것이 나중에는 상상이 되고, 먼 미래에는 실제 현실이 될 수도 있겠지요.

망상은 조금 다릅니다. 망상은 근거 없는 믿음을 일컫는 경우가 많아요. 생각이 너무 많아서 잘못된 신념이나 사실을 실제 현실이라고 믿는 것이지요. 망상은 실제 현실에도 나쁜 영향을 미치기에 위험합니다. 상상이나 공상과 달리, 현실과 생각이 뒤엉킨 것이라고도 볼 수 있습니다.

시 「모진 소리」로 살펴보는 되돌아보는 상상력

더 구체적으로 문학적 상상력의 두 가지 예를 들어 볼까요?

이제 이야기할 두 편의 시에는 모두 '지하철'이 등장합니다. 동일한 대상을 두고 비슷한 상상이 펼쳐집니다. 상상력은 '되돌아보는 상상력'(성찰적 상상력)과 '나아가는 상상력'(생산적 상상력), 이렇게 두 가지로 구분할 수 있습니다. 두 시를 통해 보다 구체적으로 살펴볼 수 있을 것 같습니다.

먼저 이야기할 시는 '되돌아보는 상상력'을 보여 주는 황인숙의 「모진 소리」입니다.

모진 소리를 들으면

내 입에서 나온 소리가 아니더라도

내 귀를 겨냥한 소리가 아니더라도

모진 소리를 들으면

가슴이 쩌엉한다.

온몸이 쿡쿡 아파 온다

누군가의 온몸을

가슴속부터 쩡 금 가게 했을

모진 소리

나와 헤어져

덜컹거리는 지하철에서

고개를 수그리고

내 모진 소리를 자꾸 생각했을

내 모진 소리에 무수히 정 맞았을

누군가를 생각하면

모진 소리,

늑골에 정을 친다

쩌어엉 세상에 금이 간다.

– 황인숙, 「모진 소리」, 『자명한 산책』(문학과 지성사, 2003)

지하철을 타고 있으면, 간혹 '쩌엉' 울리는 소리를 듣곤 합니다. 지하철 바퀴가 무언가에 부딪쳐 내는 소리이지요. 이 소리에서 착안해 황인숙 시인은 「모진 소리」를 썼습니다. 시 속 '모진 소리'는 과거에 들은 이야기, 그래서 머릿속에서 떠나지 않은 이야기입니다. 시인이 누군가에게 모진 소리를 했을 수도 있고, 누군가가 시인에게 내뱉은 모진 소리일 수도 있습니다. 말하거나 들은 것이 아니더라도, 세상의 온갖 모진 소리는 시인의 온몸을 찌르듯이 마음에 상처를 남깁니다. 시인은 그 상처를 "쩌엉", "쩡"과 같은 소리에 빗대어 감각적으로 표현했지요.

시인의 마음속에서 일어나는 소리인 "쩌엉"과 "쩡"은 쇠끼리 부딪치는 소리입니다. 그 소리를 시인이 다른 사람에게 하거나 들은 '모진 소리'와 겹쳐낸 것이지요. 정으로 돌을 깨거나 정이 쇠붙이에 부딪치면 쩌엉, 쩡 소리가 나지요. 그 소리를 들으면 온몸의 감각이 깜짝깜짝 놀랍니다. 시인은 쇠붙이가 부딪치는 날카로운 소리를 마음으로까지 끌고 들어와 말이 뾰족한 정이 되어 누군가의 몸에 박힐 때의 충격을 상상합니다. 그 상상이 다시 내게로 와 "늑골에 정을 친다"는 느낌으로 다가오지요.

이 시는 사건 이후 다시 그 사건을 되돌아보면서 쓰는 성찰적 상상력을 보여 줍니다. 시인은 누군가와 이야기하다가 모진 소리를 내뱉고 말았어요. 시인은 그와 헤어져 지하철을 타고 오다가 지하철에서 쇠붙이 부딪치는 소리를 듣고 깜짝깜짝 놀랍니다. 시인이 누군가에게 한 이야기는 '내 눈앞에서 사라져'라거나, 혹은 '너는 내게 아무짝에도 쓸모없는 인간이야'라는 말일 수 있지요. 저주에 가까운 그 말들이 누군가에게는 정으로 사정

황인숙 시인은 지하철의 쇠붙이 부딪치는 소리에서
누군가에게 내리친 모진 소리를 떠올리는 성찰적 상상력을 보여 줍니다.

없이 내리쳐 마음에 큰 상처를 냈으리라는 생각을 지하철을 타고 난 후에 들은 쇳소리를 통해 되돌아보게 됩니다.

  이미 되돌릴 수 없는 그 모진 소리를 했던 때를, 시인은 감각적으로 그려냅니다. 시인은 모진 소리가 자신을 겨냥해 뱉어지는 순간을 상상하며 누군가의 마음을 헤아립니다. 자신의 모진 소리가 결국은 자신에게로 되돌려진다는 반성을 통해 "늑골에 정"을 내리치는 듯한 고통을 느끼게 되는 것이지요. 모진 소리를 "쩌엉", "쩡", "쩌어엉"이라는 소리로 조금씩 다르게 바꿔내지요. 이러한 청각적 이미지가 "늑골에 정을 친다"와 같은 촉각적 이미지로 변주됩니다. 말은 날카로운 정과 같은 흉기가 되어 마음에 큰 상처를 낼 수 있습니다. 누구나가 내뱉었을 법한 말들, 혹은 누군가에게서 들었을 법한 말들, 그 말들이 비수가 될 수 있음을 되새기며 모진 소리가 조금 더 부드러운 소리로 바뀌기를 희망하지요. 이 시는 지하철 안에서 자신이 내뱉은 말들을 후회하며 몸서리치고 있는 마음의 풍경을 감각적으로 잘 표현한 '성찰적 상상력'이 돋보이는 작품입니다. 마음을 향해 있기에 되돌아봄이고, 내면적 상태를 중시하기에 반성적인 특징을 보여주는 시편이지요.

시 「악어」에 그려진 '나아가는 상상력'

  다음으로, '나아가는 상상력'(생산적 상상력)을 보여 주는 시를 살펴볼까요? 고영민의 「악어」입니다. 황인숙 시인의 시처럼 도시 지하철에서 발생한 일들을 다루지요. 이 시는 시인의 내면세계가 아니라 시인이 관찰한 세계의 풍경을 그리고 있습니다.

> 지하철 문에 한 여자의 가방이 물려 있다 강을 건너다 잡힌 새끼 누 같다 겁에 질린 가방은 필사적으로 뒤척이지만 단단한 하악은 좀처럼 열리지 않는다 더 깊은 질식 속으로 끌고 들어간다 언젠가 나도 저 강을 건너다 어깨 부위를 물린 적이 있다 깊은 흉터가 있다 예측할 수 없는 저 입은 어미와 새끼를 갈라놓고 동료를 애인을 갈라놓기도 한다 새끼를 따라 시골에서 올라온 한 늙은 어미가 혼자 입 안에 갇혀 공포에 가까운 눈으로 문을 두드리는 것을 본 적이 있다 밖에서 새끼가 떠내려가는 제 늙은 어미를 지켜보고 있었다 저 매정한 입은 몇 정거장을 지나쳐도 열리지 않고 숨이 잦아든 여자는 멍하니 제 깊은 상처, 물린 가방을 지켜보고 있다 반대편으론 다시 수많은 사람들이 닫히는 입을 피해 강으로 뛰어들고 다시 재빨리 뛰어나간다 또 한 사람이 센 물살에 떠밀려 팔 한쪽이 물렸다 용케 빼낸다 살아난다 이 건기(乾期)의 땅, 유유히 강은 흐른다
>
> — 고영민, 「악어」, 『악어』(실천문학사, 2012)

「악어」는 하나의 사건에서 시작합니다. 한 여자가 지하철을 타다가 가방이 지하철 문에 끼이게 됩니다. 그 가방은 아마도 가죽으로 된 핸드백일 가능성이 높습니다. 여자는 가방을 지하철 문에서 뽑아내기 위해 몸부림치지만 꼼짝도 하지 않습니다. 그 당황스러운 광경을 바라보던 시인은

예전에 어깨가 지하철 문에 끼었던 순간을 떠올립니다. 그러다 시인이 목격했던, 시골에서 갓 올라와 지하철 타는 것에 서툴렀던 늙은 여인이 갑작스럽게 닫힌 문 때문에 자식과 강제로 헤어지던 풍경도 떠올리지요. 자동으로 열리고 닫히는 지하철 문은 개개인의 사정을 헤아려 주지 않습니다. 문이 열리고 다시 닫히는 순간, 이쪽과 저쪽은 나뉘지고 속수무책으로 이별하거나 다시 문이 열릴 때까지 기다려야 하지요.

고영민의 「악어」에는 세 가지 풍경이 겹칩니다. 시인은 처음에는 지하철 문에 가방이 끼인 여자를 봅니다. 지하철을 타 본 사람이라면 누구나 한 번쯤은 보았을 법하지요. 이 장면을 아프리카 대륙의 야생동물 '누'의 형상과 겹쳐 냅니다. 누는 소과의 초식 동물로 풀을 찾아 먼 거리를 이동합니다. 누는 강을 건너다 악어에게 물려 희생되기도 합니다. 지하철을 타다가 문에 몸이 낀 모습을, 강을 건너던 누가 악어에게 물리는 장면과 겹쳐 내지요. 그 상상력이 절묘합니다. 지하철을 타고 내리는 사람들의 모습에서 강을 무리 지어 건너는 누 떼의 모습을 연상하고, 운행 중인 지하철의 모습을 '유유히 흐르는 강'에 비유하지요.

도시의 지하철과 야생의 대초원을 대비시킨 것도 놀랍습니다. 인간을 누의 모습에 비유한 것이지요. 바로 여기서 시인은 제3의 상상력을 펼쳐 나갑니다. 지하철은 개별 생명의 사정을 봐주지 않고 시스템에 따라 냉정하게 운행됩니다. 현대 도시의 시스템도 마찬가지지요. 마치 야생의 대초원처럼, 문명화된 도시 시스템도 약자의 사정을 봐주지 않습니다. 시인은 지하철의 조그만 사건을 강을 건너는 누 떼의 모습으로, 거기서 더 나아가

고영민 시인은 지하철 문에 가방이 낀 모습에서
악어에 물린 '누'의 모습을 떠올리는 연상 작용을 통해 이미지를 점차 확산하는
'나아가는 상상력'을 그려 냅니다.

현대 도시의 냉혹한 시스템을 비판하는 것으로 연결해 나갔습니다.

'악어'라는 제목도 돋보입니다. 시에는 악어라는 단어가 한 번도 등장하지 않습니다. 하지만 악어는 지하철 문을 상징하고, 냉혹한 시스템의 폭력을 상징하는 핵심적인 시적 언어가 되지요. 제목 '악어'는 시의 이미지를 집약해 놓은 핵심어입니다. 고영민 시인의 「악어」는 연상 작용을 통해 폭력의 이미지를 점차 확산하는 '나아가는 상상력'(생산적 상상력)을 잘 그려 낸 시입니다.

상상력은 어떻게 키울까요?

상상력은 상상하는 힘, 상상할 수 있는 능력입니다. 상상력은 현실과 연관되어 있으면서도 지금의 현실과 다른 세계를 꿈꾸도록 정신적 자극을 줍니다. 새로운 생각을 만들어 낸다는 것은 현대 사회를 살아가는 데 매우 중요한 역량입니다.

현실을 바꾸는 상상력은 가능성, 희망과 관련되어 있습니다. 지금과는 다른 세계, 혹은 지금보다 더 나은 세계는 상상력으로부터 오는 경우가 많아요. 문학과 예술의 상상력에 대해 사람들이 갖는 기대도 세계를 바꾸는 '희망'에 닿아 있습니다. 상상력은 황인숙의 「모진 소리」처럼 내면을 향할 수도 있고, 고영민의 「악어」처럼 밖으로 확장하는 것일 수도 있습니다. 문학은 언어를 통해 상상한 세계를 구체적으로 표현할 수 있기에 다른 예술처럼 제한 없는 세계의 확장을 가능하게 합니다.

상상력이라는 역량을, 시험 준비를 하는 수업방식을 통해 키운다는 것은 어려운 일이에요. 상상력은 자유로운 상태에서 생각하는 힘을 펼쳐 보이는 것입니다. 시험 준비 위주의 교육은 반복하여 훈련하고, 외우도록 합니다. 규칙을 익힌다는 제한된 상태에서 교육이 이뤄지지요. 자유로움은 엉뚱함을 허용하는 것입니다. 실수와 실패가 있더라도 그 실패와 실수를 통해 배웠다는 점을 중요하게 여깁니다. 실패와 실수에 대해 과도한 책임을 지우지 않을 때 자유로운 시도를 할 수 있는 것이지요.

그리고 창조적으로 발산한다는 것은 비약적인 생각도 허용하는 것을 말합니다. 학교 교육에서는 이러한 자유, 관용, 비약이 상대적으로 억압되어 있지요. 끊임없이 시험을 봐야 하고, 평가를 받아야 하고, 그에 따른 책임을 져야 하니까요. 그렇기에 상상력은 기존의 제도 교육을 통해서는 제한적으로만 성장할 수도 있습니다. 제도 교육 과정은 분명한 목표를 설정하고 그 목표에 도달하도록 훈련하는 것이니까요.

저는 상상력의 핵심은 "자유롭게 생각하고, 창조적으로 발산"하는 것에 있다고 봅니다. 문학적 상상력, 예술적 상상력은 창조성과 연결되어 있기에 정말 중요합니다. 시, 소설, 희곡, 수필을 많이 읽고, 음악도 즐기고, 연극과 영화도 자유롭게 관람하는 거지요. 문학은 좋은 언어로 만들어진 '새로운 생각의 세계'이니까요. 문학 작품 속에서 자유로움을 발견하고, 문학적 상상력을 제약 없이 발산하면서 자신의 글을 쓸 수 있다고 생각해 보세요. 그게 바로 자율적이고 창조적인 사람의 삶입니다. 상상력은 자신의 내부에서 꿈틀거리는 긍정적 힘에 의해 펼쳐집니다. 좋은 문학 작품 읽기, 시와 소설을 통해 문학적 감수성을 키우는 노력이야말로 '자율적이고 창조적인 삶'으로 나아가는 길입니다.

생각 더하기+

국어국문학과와 문예창작학과는 어떻게 다른가요?

작가가 되려면 어떤 공부를 해야 할까요? 대학에서는 무슨 과의 어떤 전공을 선택해야 하는 것일까요?

현재 활동하는 작가들을 보면, 대부분 다양한 학과에서 공부한 사람들이에요. 어떤 작가는 철학과 역사학을 전공했고, 또 어떤 작가들은 불어불문학, 독어독문학, 일어일문학 같은 외국문학을 전공했어요. 사회학이나 경영학, 미디어커뮤니케이션학을 공부한 작가들도 있습니다. 심지어는 분자생물학과 물리학을 전공한 작가들도 있지요.

문학은 '내가 상상하는 세상'을 글쓰기를 통해 그려 내는 예술입니다. 대학의 특별한 학과를 선택해서 공부해야만, '나와 세상'의 관계를 더 잘 상상할 수 있는 것은 아니지요. 또한 문학은 영문학, 불문학, 독문학, 일문학, 중문학, 노어노문학 등으로 나뉘어 있기는 해도 세계의 문학이 모두 연결되어 있는 공부입니다.

그럼에도 국어국문학과와 문예창작학과는 작가가 되기 위한 전공으로 많이 이야기하지요. 이렇게 질문을 해 봅시다.

'국어국문학과와 문예창작학과는 어떻게 다른가요?'

국어국문학과가 한국어와 한국문학을 공부하는 학과라면, 문예창작학과는 문학이론과 창작을 공부하는 학과라고 할 수 있습니다. 국어국문학과가 '문학과 언어'를 공부하기에 보다 더 공부의 범위가 넓고, 문예창작학과는 '문학을 중심으로 하면서 이론과 창작'을 공부하기에 국어국문학과보다는 공부의 범위가 집중되어 있다고 할 수 있지요. 또 국어국문학과는 인문학의 영역에 속하고, 문예창작학과는 예술의 영역에 속합니다. 인문학은 인간과 인간의 사상·문화에 관한 학문이고, 예술은 인간의 문화적 표현행위인 문학·음악·무용·미술·연극·영화·사진을 창작하고 감상하는 것을 말합니다. 국어국문학은 학문의 영역에 속하기에 공부와 연구가 중심이 되고, 문예창작학은 예술 표현의 영역에 속하기에 글쓰기 실습이 중심이 됩니다.

국어국문학과 문예창작학은 역사에도 차이가 있습니다.

국어국문학과는 일제강점기에 경성제국대학(지금의 서울대학교)의 '조선어학 조선문학강좌'에서 출발했습니다. 그때가 1926년 5월이었습니다. 해방 이후에야 국어국문학과라는 이름을 갖게 되었지요. 1946년 8월에 서울대 국어국문학과, 고려대학교 국문학과, 연세대학교 문학원 국문학과가 출범했습니다. 현재는 대부분의 국립과 사립 종합대학에 국어국문학과가 있습니다.

문예창작학과는 1953년 5월 서라벌예술대학 문예창작학과가 창설되면서 첫발을 내딛었습니다. 그후 1972년에 서라벌예술대학 문예창작학과가

- 국어국문학과는 한국어와 한국문학을 공부하는 학과이고, 문예창작학과는 문학이론과 창작을 공부하는 학과입니다.

  중앙대학교 예술대학 문예창작학과로 편입되어 지금에 이르고 있습니다. 문예창작학과는 중앙대학교(문예창작전공)를 비롯해 서울예술대학(문예창작과), 단국대학교(문예창작과), 동국대학교(국어국문문예창작학과), 명지대학교(문예창작학과), 서울과학기술대학교(문예창작학과), 숭실대학교(문예창작전공), 한국예술종합학교(서사창작학과)에 개설되어 있습니다.

  인문학적 관점에서 문학 공부를 하면서 글을 쓰고 싶다면 국어국문학과에, 예술가로서 글쓰기 훈련을 하면서 아름다움을 표현하는 글을 쓰고 싶다면 문예창작학과를 선택하면 좋겠지요. 국어국문학과에 진학하면 한국어·고전문학·현대문학을 배웁니다. 문예창작학과에 진학하면 시·소설·희곡·시나리오 창작과 문학이론을 배웁니다. 국어국문학은 인문학의 기풍이 강한 작가 역량을 키울 수 있고, 문예창작학은 예술가의 기질이 강한 작가 역량을 키울 수 있습니다.

{ CHAPTER 02 }

한국 시에 관해 알아보아요

좋은 시는 마음에 잔잔한 물결을 일으킵니다. 시는 음악과도 같습니다. 시의 리듬에 따라 마음도 자연스럽게 움직이게 되지요. 문학의 중요 갈래인 시는 정서적이고 운율적인 언어를 사용합니다. 내재율이라는 특별한 리듬이 있고, 비유적 언어를 사용해 상상력에 힘을 줍니다.

시를 즐기면서 읽으려면 어떻게 해야 할까요? 여기서는 시의 형식에 대해, 운문적 특성에 대해 이야기를 나눠 보도록 해요. 내재율과 리듬에 대한 이해를 통해 시의 음악성을 즐기는 것에 대해서도 살펴보도록 하지요. 더불어 시를 읽으면서 자신의 내면과 대화하기, 세상을 바라보는 태도 형성하기, 다른 세상을 상상하는 힘에 대해서도 함께 생각해 보도록 해요.

1 시의 언어는 왜 다를까요?

산문과 운문은 어떻게 구별할까요?

시는 '운율이 있는 특별한 언어로 느낌과 생각을 담아낸 문학'입니다. 시는 '아름다움을 간직한 언어의 모둠'이라고도 말합니다. 시의 언어는 아름다움을 불러일으키고, 인간의 내밀한 감정과 정서를 표현하며, 독자에게 정서적 공감을 불러일으킵니다.

시는 운문이기에, 산문과는 구별되지요. 산문은 자유롭게 이어 쓰는 줄글을 말합니다. 이에 비해 운문은 음악적 율조와 정서적 색채가 강한 글입니다. 산문으로도 정서적 감흥을 표현할 수 있습니다. 하지만 감각적 언어와 리듬감을 살려 정서를 전달하는 시와는 다릅니다. 산문은 일상 언어를 자유롭게 쓰기에 운문인 시의 특별한 언어 사용과는 다르지요.

다음의 예를 들어 산문과 운문을 구별해 볼까요? 옛이야기를 쓴 산문한 편을 먼저 읽어 보지요. 제목은 「원항리 종남이 아재」입니다.

원항리는 조용한 시골 마을입니다. "땡, 땡, 땡" 교회 종소리가 울리면, 빛처럼 소리가 조그만 마을을 가득 채우지요. 교회 종소리는 신호입니다. '오늘은 수요일 저녁 예배가 있구나', '오늘 일요일 아침 예배 시간이구나'라는 알림 기능을 하지요. 원항리는 '응달뜸'과 '양달뜸'이라는 예쁜 이름으로 남쪽과 북쪽이 나뉘어져 있습니다. 양달뜸은 햇볕이 드는 동네이고, 응달뜸은 언덕배기에 있어서 그늘져 있습니다. 양달뜸에 있는 '원항교회'의 높은 첨탑이 마을의 중심 역할을 합니다. 마을의 공동 우물과 빨래터가 응달뜸과 양달뜸의 중간에 있지요.

'종남이 아재'가 생각납니다. 제가 초등학교에 들어가기도 전 어린아이였을 때, 종남이 아재는 40대 후반이었습니다. 나중에 들으니 '종남이 아재'가 1931년생이라고 했습니다. 한국에서 근대화가 급격히 이뤄지기 전까지 서로를 보살펴 주는 공동체 문화가 마을마다 있었지요. 약하고 병든 사람이 있으면, 마을 사람들이 품앗이하듯 서로 돌봐 주는 것이지요. 농촌 공동체 문화는 더불어 살아가는 삶의 방식이었습니다. 한국 사회에서 대략 1970년대 즈음부터 급격하게 도시화가 이뤄집니다. 그때부터 농촌의 공동체 문화는 점차 사라져 가고, 개인주의적인 도시에서의 삶이 확산되었지요.

옛날 농촌공동체에는 '바보 아재'가 마을마다 한 명씩은 있었습니다. '바보 아재'는 동네의 궂은일을 도맡아 합니다. 누군가의 집에 속해 있는 일꾼이면서, 마을의 머슴이기도 했지요. 어린아이들은 '바보 아재'를 나이와 상관없이 친구처럼 대하며 반말을 하기도 했어요. '종남이 아재'가 바로 그런 분이었어요.

종남이 아재는 지게를 지고 일을 했고, 동네의 힘든 일도 많이 하시던 분이었어요. 돈 계산에 서툴러서 주는 대로 받고 일을 했어요. 어린아이들은 같이 모여 있다가 '종남이 아재'를 만나면 놀려대기도 했어요. 혼자 있을 때는 그러지 않는데, 아이들은 모여 있으면 짓궂은 행동에 감염되는 것 같아요. 서너 명만 모여도 종남이 아재 주변에 몰려가 열 살도 안 된 어린 아이들이 마흔이 넘은 어른을 함부로 대하곤 했어요. 저도 어린 시절 아이들과 함께 "종남이 담배 피운다", "종남이 술 마신다"라고 하면서 친구들과 어울려 놀려대곤 했습니다. 종남이 아재가 화를 내면 멀찍이 도망치다가도, 다시 조마조마한 거리까지 접근해 놀리는 장난을 쳤습니다. 종남이 아재는 대부분은 별다른 반응을 하지 않았지만, 때로는 크게 화를 내기도 했습니다. 지금도 종남이 아재가 지게 작대기를 높이 치켜들며 "어른한테 그러면 못써!"라고 외치던 모습이 눈에 보이는 듯합니다. 그 모습에 놀라 흩어지면서도, 내심 즐거워하고는 했어요. 마음속으로는 종남이 아재 같은 어른이 어린 우리를 상대해 주어서 즐겁다고 느꼈던 것 같습니다. 못된 어린이들의 나쁜 장난이었지요. 마을 어른들은 아이들이 몰려다니며 종남이 아재를 놀리는 장난을 싫어했습니다. 아이들의 짓궂은 장난이 더 이상 퍼져 나가지 않도록 종남이 아재에 대한 아이들의 태도를 나무라곤 했지요.

종남이 아재는 흥도 많아 술을 마시면 어깨를 들썩였고, 노래도 곧잘 부르곤 했습니다. 마을 아이들이 '바보 아재'라며 놀리기도 했지만, 마을 사람들은 마을공동체의 일원으로 받아들이고, 일할 몫을 내주며 보이지 않게 보살펴 주었습니다. 종남이 아재를 통해 '보살핌'에 관해 생각해 봅니다. 한 마을이 한 사람을 품고, 한 사람이 마을을 품는 것이 '돌봄'이지요. 마을이 종남이 아재를 보살핀 것 같지만, 사실은 종남이 아재가 마을을 돌봐준 것이라는 생각도 듭니다. 종남이 아재는 평생을 한마을에서 살다가 세상을 떠났으니, 진정한 원항리의 주인이기도 했습니다.

지금은 여든이 넘으신 저의 아버님도 종남이 아재를 '이종남 씨'라고 기억하고 계셨습니다. 아버님은 "나의 삶도 이종남 씨와 같았다"라고 말씀하셨습니다. 아버님은 자신도 종남이 아재처럼 평생 일하는 삶을 살았고, 주변의 '보살핌과 돌봄'으로 살아올 수 있었다고 회상하십니다. 한 생을 살아 보니, 잘난 삶도 없고, 못난 삶도 없다는 생각을 하게 되신 것이지요. 아버님은 그래서 당신 자신의 삶을 "이종남 씨와 같았다"라고 말씀하신 거지요. 혼자 사는 삶은 없습니다. 이웃과 서로 도움을 주고받으면서, 견디고 즐기는 삶이 의미가 있지요. 아버님은 그 옛날 종남이 아재와 조금 더 살갑게 지내지 못했던 것에 대한 미안함과 모든 존재는 다 똑같이 하나의 인생을 갖는다는 마음을 가지신 듯합니다. 속되고 극악스러워져만 가는 세상에서는 바보처럼 사는 것이 선량하고 성스러운 삶입니다. 종남이 아재는 낮은 자리에서 '마을을 돌보는 삶'을 살아왔기에 성스럽고 선한 존재였습니다.

위의 글은 '종남이 아재'에 관해 제가 쓴 산문입니다. 생각의 흐름에 따라 자유롭게 쓴 글이지요. 개인의 기억과 오래전 이야기, 그때를 되새겨 보는 생각 등을 담은 글입니다.

그렇다면 시라는 운문으로 같은 내용을 표현하면 어떻게 변할까요? 공교롭게도 한 시인이 '종남이 아재'에 관해 쓴 시를 여러 편 남겼습니다.

운문은 운율을 지닌 글이고,
산문은 운율이나 리듬에 구애받지 않고 자유롭게 쓴 글입니다.

저의 기억 속에 종남이 아재는 구부정하게 지게를 지고 뚜벅뚜벅 걷는 조그마한 모습만 남아 있습니다. 이름 없이 살다 가신 분인 줄 알았습니다. 아동문학가인 최일환 선생님이 '고향친구 종남 씨'라는 주제로 여러 편의 시를 발표했다는 사실은 나중에야 알았습니다.

하나의 소재를 산문으로도, 시로도 표현할 수 있어요

최일환 시인도 원항리에 살았습니다. 그분은 초등학교 선생님이면서 아동문학가이기도 했어요. 원항리라는 공간은 최일환 시인에게는 시적 영감이 샘솟는 우물과 같은 곳이었습니다.

최일환 시인의 시편 중 「고향친구 종남 씨 42」는 마음을 울리는 잔잔한 감동을 주었어요.

내가 다니던 시골 교회 옆집은
대문간 사랑방이 있고
머슴살이 한평생 종남 씨가 살았다.

워낙 일이 많아 교회는 못 나갔지만
가끔 새벽이면 주인 몰래 교회 들어간 친구
일 나간 길에 지게를 감추어놓고

어쩐 일인가 한숨 몰아쉬며

무슨 말인가 전혀 모르겠으나

한 푼 가진 것 없으면서

털끝만큼 명예도 없으면서

목사님 기도보다 더 뜨겁게 들리는

장로님보다 더 힘차게 무릎 꿇고서

아— 그 친구의 눈물 섞인 기도소리

세상 떠난 뒤에는 분명

하나님의 따순 품 안에 앉아 있을 거야

하나님의 사랑방에서 편히 쉴 거야

고향 친구 종남 씨가 이 가을 보고 싶다.

- 최일환, 「고향친구 종남 씨 42」, 『새벽 그 시간에』(한림, 1999)

　최일환 시인은 '종남 씨'의 모습을 간결하고 압축적으로 그립니다. 시인은 교회와 종남 씨를 같이 이야기하고 있습니다. 시 속의 교회는 원항교회입니다. 교회 옆에 큰 집이 있고, 사랑방에는 머슴으로 종남 씨가 살고 있습니다. 종남 씨의 삶은 고단합니다. 머슴살이하는 집에서 시키는 일을 해야 하기에 교회에 나갈 시간도 없습니다. 머슴살이하는 집에서는 종남 씨가 교회에 나가는 것도 달가워하지 않았던 듯합니다.

최일남 시인은 한 장면을 목격합니다. 머슴살이하는 집의 주인이 일어나기 전 새벽 이른 시간에 종남 씨가 일 나가는 것처럼 나와 지게를 숨겨 놓고 교회에 들어가는 모습을 본 것이지요. 시인은 종남 씨가 교회에서 무엇을 하는지 살펴봅니다. 종남 씨는 한숨을 크게 몰아쉬며 잘 들리지는 않지만 간절한 마음으로 기도를 올립니다. 모든 간절한 기도에는 감동이 있습니다. 종남 씨는 가난하여 머슴살이를 하고, 교회도 마음대로 가지 못할 정도로 바쁩니다. '털끝만큼의 명예'도 없는 것이지요. 그래도 종남 씨의 기도는 목사님의 기도보다 더 뜨겁고, 장로님의 태도보다 더 경건합니다. 최일환 시인은 종남 씨의 모습에서 '성스러운 감동'을 받습니다.

시의 마지막 연은 한참 시간이 흐른 뒤를 보여 줍니다. 종남 씨는 세상을 떠났습니다. 한평생 일만 하다가 교회도 자유롭게 드나들지 못하다가 숨을 거두었습니다. 최일환 시인은 종남 씨야말로 "하나님의 따순 품"에 들었을 거라고 믿습니다. '주인집 사랑방'에서 벗어나 '하나님의 사랑방'에서 평화와 안식을 얻었으리라고 생각합니다.

성경 「마태복음」 5장은 예수님의 산상 설교를 담고 있습니다. "마음이 가난한 사람들이여, 하늘나라가 그들의 것입니다"라는 유명한 구절이 있습니다. "마음이 깨끗한 사람들이여, 그들은 하나님을 뵐 것입니다"라는 구절도 있지요. 최일환 시인은 이 구절을 종남 씨의 삶과 연결시켰습니다. 종남 씨의 고된 삶에 대한 위로이자, 현실에서 고난 받는 사람들에게 위안을 주는 것이기도 하지요.

운문과 산문의 형식적인 차이를 살펴보아요

　최일환 시인의 「고향친구 종남 씨 42」는 산문과 구별되는 시입니다. 형식적인 부분에서의 차이를 살펴볼까요?
　「고향친구 종남 씨 42」는 시행 구분이 되어 있습니다.
　보통의 산문 문장이라면 "나는 시골 교회를 다녔습니다. 그 교회 옆에는 머슴을 부릴 정도로 잘 사는 집이 있었어요. 그 집 머슴으로 내 고향친구 종남 씨가 있었답니다. 종남 씨는 대문간 누추한 사랑방에서 살았어요"라고 했겠지요. 시인은 산문 문장을 압축하여 시적 언어로 표현했습니다. "내가 다니던 시골 교회 옆집은/ 대문간 사랑방이 있고/ 머슴살이 한평생 종남 씨가 살았다"라고 했어요. 문장의 순서를 바꾸고, 시행과 시행 사이에 의미의 간격을 두어 많은 상상이 가능하도록 했습니다. 운문은 문장을 간결한 표현으로 압축하면서 음악성을 만들어 내는 것을 말합니다. 적절한 시행 구분으로 의미의 리듬을 만드는 것도 운문의 역할이지요.
　「고향친구 종남 씨 42」는 연이 구분되어 있습니다.
　보통의 산문 문장은 단락과 단락 사이에 행을 주어 구분하지는 않습니다. 이 시는 모두 네 연으로 구분되어 있습니다. 첫 번째 연은 종남 씨가 살던 모습을 그렸고, 두 번째 연은 종남 씨가 몰래 교회에 들어가 기도하는 모습을 보여 주고, 세 번째 연은 종남 씨의 기도가 목사나 장로 못지않게 절박하고 간절함을 그렸습니다. 네 번째 연은 세상을 떠난 종남 씨를 그리워하며, 그가 하나님 곁에 있으리라고 마무리합니다. 각 연은 구분되

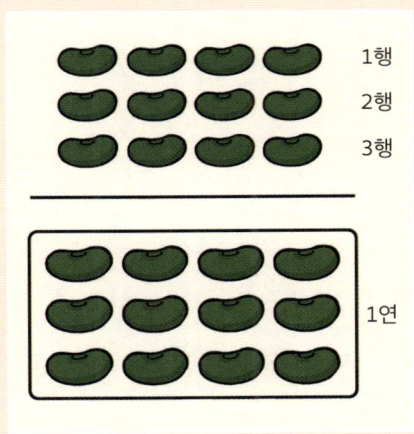

시의 한 줄은 행, 하나 이상의 행이 모이면 연이 됩니다.

는 내용으로 이뤄져 있으며, 연과 연 사이에는 의미의 비약과 연결이 동시에 이뤄지고 있습니다. 시의 언어는 비약과 압축을 통해 더 많은 의미를 만들어 냅니다. 마지막 연을 통해 이 시가 과거 종남 씨의 모습을 추억하며, 현재는 세상을 떠난 종남 씨를 추모하고 있음을 알 수 있습니다.

어떤가요? 시의 언어는 행의 구분과 연의 구분을 통해 산문과는 다른 정서와 의미를 만들어 내는 것을 알 수 있나요?

시의 압축적 언어가 음악적 효과를 만들어 내요

산문과 시는 동일한 소재나 주제를 다루더라도 표현하는 방식에 따라 전달하는 뜻도 달라집니다. 산문인 「원항리 종남이 아재」는 종남이 아재의 이야기를 자유로운 문장으로 풀어쓴 글이에요. 그래서 글의 자연스러운 연결이 중요하지요. 형식적으로는 문장과 문장이 이어지는 '줄글'로 되어 있지요. 사실을 그대로 전달하면서 글쓴이가 느낀 점을 설명하듯이 이야기해요. 무엇보다 문장을 통한 의미 전달을 중시합니다.

운문인 「고향친구 종남 씨 42」는 정서적이고 운율적인 언어로 되어 있어요. 압축적인 언어를 사용하고, 의미의 자연스러운 연결보다는 비약적 표현들이 많아요. 의미 연결에서 불분명한 틈도 발생하기는 해요. 세 번째 연과 네 번째 연의 연결에서 자연스러운 흐름을 보이지 않고 갑자기 시간을 건너뜁니다. 그런 비약의 틈을 독자가 상상력으로 메우는 것이지요.

'아, 종남 씨가 그사이 세상을 떠났구나', '시인이 종남 씨를 추모하고 있구나' 같은 것이지요. 행과 연은 형식적 구분에만 그치지 않고, 시의 음악적 효과를 만들어 내는 데도 기여합니다. 끊기는 듯하지만 이어 주면서 압축적인 음악성을 만들어 내지요.

시의 언어는 산문의 문장과 달리 압축적 언어로 구성되어 있습니다. 운율을 형성해 음악적 효과를 발생시키지요. 이것이 시와 일상 언어, 시와 산문을 구별해 주는 중요한 역할을 하지요.

시와 상상력은 어떤 관계가 있나요?

시인은 어떤 사람들인가요?

시인들은 '시를 쓴다'고도 하지만 '시가 온다'라고도 말해요. 조금 이상하지요? 작가는 글을 쓰는 사람이잖아요. 그런데도 '쓴다'라고 하지 않고 '온다'라고 하다니요. '시가 온다'는 '시'는 억지로 만드는 것이 아니라 저절로 생겨난다는 의미입니다. 소설가, 희곡작가 등 이야기를 만드는 작가들은 '글을 쓴다'는 표현을 더 자주 쓰지요. 시인도 시를 쓰기 위해 많이 읽고, 많이 생각하고, 글쓰기 연습을 많이 해요. 그러고 난 후에, 정말 좋은 시는 시인에게 찾아온다고 말하곤 합니다. 훌륭한 시는 오래 고민하고 애를 쓰다 보면 저절로 써지는 것이고, 억지로 만들어서는 좋은 시가 되지 않는다는 의미이기도 합니다.

어린 시절에는 모두 제각각인 상상을 하잖아요. '어른들은 왜 이렇게 해야 한다고 하지?', '다른 방법으로 하면 안 되나?'라는 생각도 합니다. 그러다 실수도 하지만, 때로는 '우와, 대단한데!'라는 칭찬을 듣기도 합니다. 그래서 '어린이는 모두 시인이다'라는 말을 하고는 합니다.

시인은 마치 어린이처럼 다른 상상을 하는 사람입니다. 다른 상상이란 기존의 생각, 고정관념에서 벗어나 새로운 생각을 끌어내는 것이기도 합니다. 서로 다른 것들 속에서 관련이 있는 것들을 연결시켜 내는 것도 다른 상상입니다. 다른 사람의 처지에서 스스로를 돌아보는 것도 물론 다른 상상 중 하나지요. 우리가 시인이라고 부르는 사람들은 다른 상상을 하는 존재들입니다. 시인의 상상에서 영감을 얻어 독자들은 자신의 상상력을 확장하지요.

시적 상상력의 예를 들어 볼까요?

여러분은 우산을 떠올리면 어떤 생각이 드나요? 비 오는 모습, 모양과 색깔이 저마다 다른 우산이 떠오르나요? 갑자기 비가 내리는데 우산이 없어서 곤란을 겪었던 때도 있었지요? 비 오는 날 마중 나온 어머니의 반가운 모습이 떠오를 수도 있겠네요. 어떤 모습이든 좋습니다. 지금 여러분에게 떠오르는 생각이 바로 상상이지요.

박연준 시인의 「우산」이라는 시를 함께 볼까요?

우산은 너무 오랜 시간은 기다리지 못한다

이따금 한 번씩은 비를 맞아야

동그랗게 휜 척추들을 깨우고, 주름을 펼 수 있다

우산은 많은 날들을 집 안 구석에서 기다리며 보낸다

눈을 감고, 기다리는 데 마음을 기울인다

벽에 매달린 우산은, 많은 비들을 기억한다

머리꼭지에서부터 등줄기, 온몸 구석구석 핥아주던

수많은 비의 혀들, 비의 투명한 율동을 기억한다

벽에 매달려 온몸을 접은 채,

그 많은 비들을 추억하며

그러나 우산은, 너무 오랜 시간은 기다리지 못한다.

- 박연준, 「우산」, 『속눈썹이 지르는 비명』(창비, 2007)

    우산은 비와 관계가 있지요? 그래서 비와 우산을 연결해 생각합니다. 우산은 비가 오면 비를 막기 위해 사람들이 사용하는 도구니까요. 그 우산을 다른 관점에서 보면 어떨까요? 박연준 시인의 「우산」은 다른 상상을 보여 줍니다. 박연준 시인은 '비가 오지 않는 날'의 우산을 관찰합니다. 비가 내리면 쓰는 우산이 아닌, 우산을 중심에 놓고 시를 쓴 거지요. 비가 오기에 우산이 필요하고, 비가 오지 않으면 우산은 필요 없는 존재가 됩니다.

필요 없는 존재일 때의 우산을 생각해 보면 어떨까요? 비가 오지 않을 때 비를 기다리는, 접혀 있는 우산을 생각해 봅니다. 잔뜩 웅크리고 있는 우산이지요. 비가 와야만 비로소 우산은 온몸을 쫙 폅니다. 박연준 시인은 우산이 펼쳐질 때에야 "동그랗게 휜 척추들을 깨우고, 주름을 펼 수 있다"라고 했습니다. 우산살을 척추에 비유하고, 우산의 접힌 부분을 주름에 비유한 것이지요. 우산이라는 사물을 살아 있는 척추 동물에 비유했습니다. 우산이 생명이 있는 존재처럼 보이도록 말입니다. 절묘한 언어 사용이지요. 여기까지는 우산을 관찰한 모습입니다.

다음 연에서는 전환이 이뤄집니다.

박연준 시인은 스스로 우산이 되어 우산의 과거를 상상해 봅니다. 벽에 걸린 채 있는 우산은 이미 수많은 비를 견뎌냈을 것입니다. 온몸으로 "비의 현들, 비의 투명한 율동"을 맞이했지요. 비를 음악에 비유한 것도 재미있지요. 주룩주룩 빗줄기는 악기의 현이 됩니다. 우산에 부딪쳐서 음악과 같은 소리를 만들기도 하지요. 비가 하늘에서 땅으로 내리는 모양은 그 음악을 연상하는 것에 이어 율동으로 표현했습니다. 음악과 율동의 기억이 우산 전체에 스며들어 있기에 그 기억들을 추억한다고 말합니다.

마지막 연에서는 우산과 비의 만남을 기대합니다.

이 시의 첫 부분과 끝부분은 "우산은 너무 오랜 시간은 기다리지 못한다"입니다. 마지막 연에는 "그러나"와 "우산은,"으로 변화를 주었지요. 우산이 내내 집 안 구석에 걸려만 있다고 생각해 보세요. 너무 쓸쓸한 풍경이지요. 우산은 비가 오면 온몸으로 비를 맞아야 합니다. 우산은 비와 추억을 만들고, 비를 맞으며 자신의 존재 이유를 확인하는 것이지요. 사람도 마찬가지입니다. 내내 사랑을 기다리며 지난 사랑을 추억하며 살 수는 없습니다. 그 옛사랑을 깊이 간직하면서도 새로운 사랑, 새로운 추억을 만들기 위해 떨쳐나가야 하는 것이지요. 시인은 그래서 "그러나 우산은, 너무 오랜 시간은 기다리지 못한다"라고 마무리를 짓습니다. 우산과 비의 만남, 사람과 사람의 만남, 기다림과 그 기다림이 결실을 맺는 순간을 연결한 것이지요. 단순히 우산이라는 사물에 관한 시에서 삶의 모습을 보여 주는 시로 확장되어 갑니다. 이것이 시적 상상력의 힘입니다.

우산은 사람에게 비 올 때만 필요한 도구입니다. 비가 올 조짐이 없는데도 우산을 가지고 다니는 사람은 없습니다. 우산의 입장에서는 비를 가장 간절히 기다리는 것일 수도 있지요. 이 시 속에서 비는 슬픔을 연상시키고, 이별의 아픔을 환기합니다. 이렇게 다양하게 해석해 보면, 집 안 구석에 놓인 우산이 처량해 보입니다. 비바람이 몰아치던 시절을 온전히 기억하고 있는 우산의 모습에서 실연을 당해 집 안에만 있으려고 하던 누군가의 모습이 떠오르기도 하네요. 과거를 기억하며 벽에 매달려 있는 처량한 우산은, "너무 오랜 시간은 기다"리지 못하고 다시 비가 오면 떨쳐 일어나야겠지요. 이별의 아픔을 겪은 사람이 다시 힘을 내 일상생활로 돌아오려고 힘껏 기운을 내는 것처럼요. 헤어진 연인을 잊지 못하고 추억 속에만 갇혀 지내면, 삶은 과거에 갇히고 맙니다. 이 시는 추억을 이야기하면서도, 어느 순간에는 '너무 오래 기다리지 않는' 결단을 촉구하지요.

어떻습니까? 이 시를 읽고 나면, 집에 있는 우산의 모습이 다르게 보이지 않나요? 우산의 모습에서 한때 자신의 처지를 발견하게 되나요? 그러면 여러분도 박연준 시인의 상상력을 공유하게 된 것이지요. 여러분의 마음에도 시인의 감성이 새싹처럼 돋고 있습니다.

시처럼 오는 눈, 눈처럼 오는 시

또 다른 예를 들어 볼까요?

김용만 시인의 「폭설」이라는 간결한 시가 있습니다. 이 시를 읽을 때는 눈으로만 읽지 말고 소리 내서 낭독해 보기를 권유합니다. 소리 내서 시를 읽으면 시가 음악으로 다가와 시의 리듬을 느낄 수 있답니다.

눈 온다
정말 시처럼 온다
뭘 빼고
더 보탤 것도 없다

넌 쓰고
난 전율한다
시는 그런 것이다

- 김용만, 「폭설」, 『새들은 날기 위해 울음마저 버린다』(삶창, 2021)

눈에는 여러 종류가 있습니다. 함박눈, 싸락눈, 가락눈, 진눈깨비 등 다양하지요. 큰 눈송이로 내리는 함박눈은 어감만으로도 기분이 좋아져요. 쌀알처럼 내리는 싸락눈은 조용히 쌓이는 느낌이 들고요. 가루가 날리듯 오는 가락눈은 포근한 분위기를 자아내지요. 비와 섞여 내리는 진눈깨비는 온몸이 젖어 드는 추운 기운을 느끼게 하지요. 이 시의 제목은 「폭설」입니다. 폭설은 갑자기 한꺼번에 쏟아져 내리는 눈을 말해요.

김용만 시인은 갑작스러운 눈, 한꺼번에 많이 내리는 폭설을 "정말 시처럼 온다"고 표현했어요. 시인은 폭설을 자연이 짓는 시라고 했습니다. 시인은 자연의 시에 감동해 한 편의 시를 쓴 거지요. 「폭설」은 시 쓰기에 대한 시인데, 어찌 보면 참 싱겁지요. 이것도 시인가 싶지요. 눈 오는 모습을 그린 평범한 글처럼 보입니다. 어려운 단어는 하나도 없어요. 굳이 꼽으라면 '전율' 정도겠네요. 전율은 '몸이 떨릴 정도로 감격스럽다'라는 뜻입니다. 「폭설」은 "넌 쓰고/ 난 전율한다"에 정조가 집약되어 있습니다. '폭설'을 의인화함으로써 갑작스러운 전환을 이루어 냅니다. 눈이 만들어 낸 의외의 풍경으로 인해, 시인은 감격하여 몸을 떨지요. 그 풍경이 시보다 더 시답다고 느낍니다. '전율'은 그런 것입니다. 자연의 경이로운 현상에는 "뭘 빼고", "더 보탤 것도 없"지요. 좋은 시가 그래요. 좋은 시는 빼고, 보탤 것도 없이 간결하지요.

「폭설」은 시인의 마음이 담겨 있는 시라고 할 수 있어요. 한겨울, 시인은 폭설이 내리는 모습을 봅니다. 그저 놀라서 내리는 눈을 바라보지요. 시를 쓰고 싶다는 생각이 드는데, 그 풍경이 바로 시라는 생각도 동시에 들

갑작스러운 폭설처럼 시는 미처 생각할 겨를도 없이
한꺼번에 우리 마음속으로 쏟아져요.

었던 거지요. 갑작스럽게, 잠시의 시간 여유도 두지 않고 세상이 하얗게 변해 가요. 시인이 아는 익숙했던 풍경이 하얀 옷으로 갈아입는 듯 바뀌는 모습을 봅니다. 누구나 이런 급작스러운 풍경 변화를 보면 놀랍니다. 자연의 경이로움 같은 것이지요. 미학적 용어로는 숭고(崇高)라고 합니다. 숭고는 '압도적인 크기로 갑작스럽게 다가오는 오는 큰 세계'에서 느끼는 충격적 감정입니다. 몽골의 고비사막 같이 광활하게 펼쳐진 풍경을 봤을 때, 지리산 노고단에 올라 깊은 밤 별만 반짝이는 하늘을 바라봤을 때 느끼는 감정 같은 것이지요. 이전에 경험해 보지 못한, 그리고 상상해 본 적도 없는 거대한 세계와 만났을 때 사람들은 압도당하고 맙니다. 잠시나마 충격에서 헤어나오지 못하기도 하지요. 그러면서 이제까지 갖고 있던 생각도 바뀌게 되지요. 그것을 '숭고를 경험했다'라고 합니다. 시인은 「폭설」을 통해 "넌 쓰고", "난 전율한다"라며 숭고의 경험을 표현했어요. 시인은 '내가 쓴 시'에 '독자들이 전율'했으면 좋겠는데 그런 희망적 상황을 눈 내리는 자연의 풍경에서 경험한 것이지요. 시인은 '내 시가 폭설 같았으면 좋겠다'라는 부러움의 감정을 담아 눈이 '시처럼 온다'라고 한 것이지요.

　조금 더 관찰해 보면, 시의 형식이 조금은 특이하다는 점을 발견할 거예요. 지금 읽은 「폭설」에는 문장 부호가 하나도 없어요. 마침표도 없고, 쉼표도 없지요. 하나로 이어져 있어요. 마치 눈이 내리는 것처럼 끊임없이 이어져 있는 형식입니다. 눈 내리는 풍경이 마치 음악처럼 그려지나요? 그럼 이 시는 글로 된 노래라고 할 수 있습니다. 형식적 측면에서도, 눈 내리는 풍경과 부합하는 시 쓰기를 한 것이지요.

내재율과 외형률은 시 속에 깃든 리듬이에요

소리 내서 시를 읽어 보니까 어때요? 앞의 시 「우산」도 함께 소리 내서 읽어 보세요. 소곤소곤 이야기하는 것 같지 않나요? 시를 소리 내서 읽으면 느낌이 달라져요. 속삭이며 이야기하는 듯도 하고, 언어의 물결에 따라 마음이 흔들거리는 듯한 느낌도 들지요. 이것을 내재율(內在律)이라고 합니다. 시 공부를 조금 더 해 볼까요? 시에는 내재율과 외형률(外形律)이 있습니다. 자유시에 깃들어 있는 운율을 내재율, 정형시의 정해진 규칙에 따르는 운율을 외형률이라고 합니다.

외형률은 글자 수를 맞추거나, 소리의 특징을 활용하기도 하고, 특정한 위치에 시적 특징이 반복되도록 하는 형식적 요소가 있지요. 「우산」의 한 연을 예로 들어 볼까요? "벽에는/ 많은 비들을/ 기억하는/ 우산이"처럼 석 자, 다섯 자, 넉 자, 석 자를 맞추면 '3, 5, 4, 3'의 외형률이 됩니다. 내재율은 "벽에 매달린 우산은, 많은 비들을 기억한다"라고 자유롭게 표현합니다. 외형률과 내재율을 구분할 수 있겠지요? 현대시는 외형률보다는 내용을 자유롭게 표현하면서도 은근한 음악성을 만드는 내재율이 많습니다.

「우산」과 「폭설」은 조그만 목소리로 속삭이는 듯한 느낌으로 음악성을 만들어 내고 있습니다. 내재율인 현대시도 소리 내서 낭독해 보면, 마음의 리듬이 만들어지지요.

두 시의 상상력도 되새길 만합니다. 「우산」은 사물을, 「폭설」은 자연을 그려 냅니다. 시인은 사물, 일상, 자연현상을 다르게 보려고 합니다. 자기 내면과 대화하면서, 대상을 시의 언어로 다시 창조해 내려 하지요. 세상을 살면서 겪게 된 일, 다른 사람과 대화하면서 느낀 점, 공부하면서 갖게 된 생각, 관찰을 통해 새롭게 알게 된 것들이 있지요? 이것을 계속 마음속에서 '궁굴려' 보세요. '궁글리다'는 이리저리 돌려보며 생각하는 것을 뜻하지요. 시인처럼 '궁글리다' 보면 마음에 파문이 생겨날 거예요. 자신이 그리려고 하는 대상을 시적인 언어로 표현해 보세요. 그러면 여러분의 손끝을 타고 시가 찾아올 거예요. 세상을 이제까지와는 다른 모습으로 그려 내려는 시인처럼 여러분도 자신의 방식으로 세계를 그려 보세요. 다른 상상이 가능하도록 시의 언어를 '궁굴려' 보세요.

시인은 그저 예외적으로 타고난 존재가 아니랍니다. 여러분도 다른 세계를 상상하며 '언어 궁굴리기'를 하다 보면 시인이 될 수 있어요. 다르게 생각하기, 언어에 예민해지기, 다른 생각을 감탄하며 받아들이기가 시인되기 훈련이랍니다. 만약 '다른 존재'가 되어 보고 싶다면, 시를 소리 내서 읽고 시인처럼 시적 상상력에 빠져들고, '언어 궁굴리기' 놀이를 해 보세요.

시의 리듬이란 무엇일까요?

시의 리듬은 어떻게 만들어질까요?

리듬은 물결과 같습니다. 강변에 앉아 잔잔히 출렁이는 물결을 바라보고 있으면 마음이 어떤가요? 바닷가에 앉아 밀려왔다 밀려나가는 파도를 가만히 쳐다보고 있으면 어떤 생각이 드세요. 분명히 불규칙하지만, 규칙적인 운동이 있는 것을 알 수 있지요. 불규칙한 듯이 보이지만 규칙적인 운동, 그것이 자연의 질서겠지요.

마음에도 리듬이 있습니다. 리듬은 움직임이지요. 물결의 흐름처럼 반복되면서도 차이가 있는 움직임이요. 리듬은 움직임 속의 질서 같은 것을 말해요. 반복적이면서도 질서가 있지요. 시는 마음의 리듬을 언어로 표현한 것입니다. 압축적인 언어로 표현된 흐르는 듯 움직이는 마음의 리듬이 시이지요.

바다가 밀물과 썰물의 리듬을 만들 듯 우리 마음에도 리듬이 있어요.
마음의 리듬을 언어로 표현한 것이 '시'랍니다.

시와 리듬의 사례를 한번 살펴볼까요?

바다는 자연의 리듬을 만듭니다. 파도를 상상해 보세요. 밀물과 썰물이 리듬을 만들지요? 더불어 파도의 출렁거림도 리듬을 만듭니다. 모든 시는 언어의 리듬을 형성합니다. 함민복 시인을 시를 통해 살펴볼까요? 교과서에 「사과를 먹으며」, 「오래된 잠버릇」, 「그 샘」과 같은 여러 작품이 실린 시인이지요. 함민복 시인은 「달의 소리」라는 시에서 파도를 "말렸다 풀리는/ 달이 짠 비단 자락"이라며 놀라운 비유를 했어요. 달의 영향을 받는 밀물과 썰물을 달이 짠 비단 자락이 말렸다 풀렸다 하는 거라고 노래했지요. 어때요? 마음속에 파도와 비단의 이미지가 겹치나요? 비유는 시를 읽는 사람의 마음을 움직여 리듬을 만듭니다. 마음속에서 그림이 그려지고, 음악이 만들어지는 것이지요. 그 마음속의 그림을 '심상'이라고 하고, 그 마음속의 음악을 운율이라고 합니다. 함민복 시인은 바다의 리듬을 감각적으로 그리는 데 탁월한 재주가 있는 시인이에요. 그의 시 「뻘」에도 감각적인 언어 표현들이 놀라운 리듬을 만들어 내지요.

말랑말랑한 흙이 말랑말랑 발을 잡아준다
말랑말랑한 흙이 말랑말랑 가는 길을 잡아준다

말랑말랑한 힘
말랑말랑한 힘

– 함민복, 「뻘」, 『말랑말랑한 힘』(문학세계사, 2005)

발을 감싸고 도는 '갯벌'의 느낌이 감각적으로 그려져 있습니다. 간결한 시인데, '말랑말랑'이 반복되어 촉각적 이미지를 강화합니다. 뻘밭을 걷는 뒤뚱거리는 발걸음도 연상되지요? 이 시에는 '말랑말랑'이라는 어휘가 유독 많이 등장합니다. "말랑말랑한 흙" "말랑말랑한 발" "말랑말랑한 힘"으로 조금씩 변주되면서 나아가는 듯한 느낌이지요. '말랑말랑'이라는 어휘가 촉각과 시각, 그리고 청각으로까지 확산되는 것이 놀랍습니다. 뻘밭을 걸어 본 사람이라면, 뻘밭의 흡입력에서 놀랍니다. 그리고 기우뚱하면서도 균형을 잡고 있는 자신의 우스꽝스러운 모습에 즐거워하기도 하지요. 이 시를 통해 말랑말랑한 흙을, 말랑말랑한 발로 버티고 있는 모습이 그려집니다. 말랑말랑한 갯벌을 걷는 맨발이 '촉각, 시각, 청각'을 아우르며 공감각적 이미지를 형성하지요. 그의 시 「뻘」은 묘한 균형이 깃든 힘의 긴장 상태에서 누군가가 갯벌을 걷는 풍경을 보여줍니다.

비유에 리듬감이 더해지면 생동감을 불러일으켜요

함민복 시인의 「숭어 한 지게 짊어지고」를 함께 읽어 볼까요? 이 시는 리듬이 있는 시이니, 소리 내서 읽으면 더 좋을 거예요. 「숭어 한 지게 짊어지고」는 갯벌의 다른 면모를 포착해 내고 있습니다. 생명을 향한 자연의 의지들이 직각을 형성하는 듯한 모습으로 대결하고 있어요.

뻘길 십 리

푸드덕 푸드덕
몸망치로 때려 박아
지게에서 내려서려는 숭어

맨발로
지구를 신고

숭어가 움직이면
움직임을 느낀 만큼
숭어가 되는

증발하는 생명 한 지게 지고
뻘에 박혀 있는 흙못 하나

- 함민복, 「숭어 한 지게 짊어지고」, 『말랑말랑한 힘』(문학세계사, 2005)

「뻘」이 자연의 리듬을 담으려 했다면, 「숭어 한 지게 짊어지고」는 생활의 리듬이 담겨 있습니다. 시는 갓 잡은 숭어 한 지게를 짊어지고 "뻘길 십 리"를 걷는 사람을 그립니다. 말랑말랑하게 발에 감겨들던 정겨운 갯벌은 어느덧 '맨발로 지구를 신은 듯한' 힘겨운 갯벌로 변해 있습니다. 뻘밭을 걷는다는 것은 힘든 일이지요. 게다가 지게 한가득 숭어를 지고 갯벌을 걷는다고 상상해 보세요. 한 걸음 한 걸음이 힘겹겠지요.

  리듬에도 강약이 있잖아요. 지게 위에서는 강렬한 생명의 의지로 숭어들이 "몸망치"처럼 발버둥 칩니다. 생명력 넘치는 숭어들이 지게를 벗어나려고 몸부림치면서, 망치처럼 지게를 거세게 때려대는 것이지요. 망치처럼 지게에 내리꽂히는 송어는 지게를 짊어진 이를 "흙못"으로 만듭니다. 단단한 힘으로 갯벌을 딛고 선 모습이 못과 같아지는 것이지요. '망치와 못'의 대비도 절묘하지만, 숭어와 인간의 대결이 펼쳐지는 뻘밭의 풍경도 역동적입니다. 지게 위에서 약동하면 할수록 힘을 빼앗기는 숭어들과 힘겹게 갯벌을 딛고 숭어들의 발버둥을 견디며 나아가는 인간의 모습이 눈앞에 펼쳐지는 듯합니다. 그 위태로운 균형은 "뻘에 박혀 있는 흙못 하나"에서 정점에 이릅니다. 이 시는 가로로 펼쳐진 '뻘길'의 풍경 속에 못이 박힌 듯 세로로 서 있는 사람의 모습을 그린 것이지요. 생명력 넘치는 언어로, 숭어와 인간의 생명력을 절절하게 그려 낸 절창이 바로 「숭어 한 지게 짊어지고」입니다.

  비유는 시에 생동감을 불어넣습니다. 읽는 사람의 마음을 움직이게 하지요. 그 움직임이 시적인 리듬과 결합하며 더 큰 정감을 불러일으킵니다. 함민복의 시는 바다의 생명 이미지를 리듬감 있는 비유로 환기하는 데 탁월한 힘을 갖고 있습니다. 시가 사람의 마음을 움직이는 이유는 비유를 통해 생생한 이미지를 만들어 내기 때문입니다. 시적 언어로 인해 자극받는 상상력, 그것이 읽는 이의 마음을 움직이는 것이지요.

시의 서정성이 주는 감동

김영랑의 「동백잎에 빛나는 마음」이라는 시도 볼까요? 김영랑 시인은 일제강점기에 시문학파 동인으로 활동했어요. 뛰어난 서정시를 쓴 시인이고, 고등학교 『문학』 교과서에도 「돌담에 속삭이는 햇발」, 「모란이 피기까지는」, 「오월」 같은 작품들이 실렸지요. 이 작품들은 모두 언어를 통해 서정성을 잘 표현한 작품이면서 음악성도 있다는 평가를 받아요. 「동백잎에 빛나는 마음」도 소리 내서 읽으면 독특한 음악성을 느낄 수 있고, '인간의 마음이란 무엇일까'라는 상상력을 펼쳐 나갈 수 있어요.

내 마음의 어딘 듯 한 편에 끝없는
　강물이 흐르네
돋쳐 오르는 아침날빛이 빤질한
　은결을 도도네
가슴엔 듯 눈엔 듯 또 핏줄엔 듯
마음이 도른도른 숨어 있는 곳
내 마음의 어딘 듯 한편에 끝없는
　강물이 흐르네

– 김영랑, 「동백잎에 빛나는 마음」(1930)

「동백잎에 빛나는 마음」은 김영랑 시인의 대표 시 중 한 편으로 꼽힙니다. 김영랑 시인이 참여한 《시문학》 창간호(1930년 3월)에 실린 첫 시이기도 하고, 그의 첫 시집 『영랑시집』 맨 앞에 실린 시이기도 합니다. 이 시는 외형률을 의식한 내재율의 자유시입니다. 외형률과 내재율은 어떻게 구분할까요? 앞에서도 이야기했듯이 외형률은 시 언어의 규칙을 지키는 것이고, 내재율은 마음의 율격을 만들어 내는 것이지요. 외형률은 "가슴엔 듯 / 눈엔 듯 / 또 핏줄엔 듯"에서처럼 '4·3·5'의 글자 수를 맞추는 것입니다. 내재율은 "내 마음의 어딘 듯 한편에 끝없는 / 강물이 흐르네"와 같이 산문처럼 쓰면서도 음악성을 지닌 것을 말하지요. 이 시에서도 서술어를 "흐르네", "도도네", "흐르네" 같은 시어를 반복해서 규칙성을 보이지요. 서술어의 끝을 '~네'로 맞춘 것도 의도한 것이고요. 시의 처음과 끝을 "내 마음의 어딘 듯 한편에 끝없는 강물이 흐르네"라고 한 것도 정형률의 흔적입니다.

시의 내용상 전개는 '동백잎에 맺힌 이슬이 반짝이는 모습'을 보고, '내 마음에 이는 물결의 파문'을 그려 보이는 자유로운 연상을 따르고 있어요. 이른 아침의 고요한 오솔길을 상상해 보세요. 그곳에 동백나무가 한 그루 있습니다. 동백나무잎에 이슬이 맺혀 있다가 아침 햇살이 비치자 은빛으로 반짝하지요. 이슬은 아침이 지나면 사라집니다. 잠깐 존재했다 사라지는 것의 아름다움, 그 아름다움에 반응하여 "가슴엔 듯 눈엔 듯 또 핏줄엔 듯" 마음에 파문이 일고 있는 것이지요. 이렇듯 시인의 잘 다듬은 시적 표현은 독자에게 정서적, 감정적 반응을 불러일으킵니다. 「동백잎에 빛나는 마음」도 '동백잎 이슬'을 보고 시인이 '가슴, 눈, 핏줄'의 요동을 감지하여 표현한 것이지요. 서정성은 구체적인 대상에 대한 시인의 정서적 반응과 표현으로 촉발됩니다. 독자는 시인이 표현한 서정 세계에 공감하면서 자신의 정서적 반응에 귀를 기울이게 되지요.

시와 예술의 역할은 무엇일까요?

시는 시인이 어떤 의도로 썼는가가 중요한 것이 아니라, 그 시가 독자의 정서에 어떤 영향을 미치는가가 중요합니다. 독자는 이성과 논리로는 해설할 수 없는 복잡한 세계의 다른 면모를, 시를 읽으며 감성의 깊은 울림을 경험하면서 감지해 낼 수 있지요. 내면의 목소리에 귀를 기울이게 되면, 보이지 않는 세계를 느낄 수 있게 되는 것이지요.

문학에서는 '비가시적 세계의 가시화'(보이지 않는 세계를 보이게 한다)라는 표현을 쓰기도 해요. 이성과 논리를 중시하면, 감성과 우연적인 것을 '비가시적 세계'로 내몰게 됩니다. 시와 예술은 인간 정신의 중요한 요소인 이성과 감성, 합리성과 초월성의 세계를 함께 감각하게 하는 역할을 한다고 볼 수 있어요.

4 사랑의 언어는 어떻게 시와 만날까요?

나 자신의 모호한 감정을 스스로 느끼게 해 주는 시

시는 운율이 있는 언어로 감정을 표현한다고 하지요. 인간의 감정 중 아름답고 가치 있는 것이 사랑입니다. 누군가를 사랑하면서 시를 읽으면 시를 좋아하게 됩니다. 시는 사랑의 감정을 깊이 생각하는 사람들 곁에 있기를 좋아한답니다. 시를 좋아하는 사람은 감성이 풍부해지지요. 인생에서 10대는 예민하고 감수성이 풍부한 때잖아요. 그래서 10대인데 "어떻게 시를 좋아하지 않을 수 있어? 사랑을 하지 않을 수 있어?"라는 말도 하는 것이지요.

사랑을 하면 시를 더 잘 알게 됩니다. 시를 좋아하는 사람은 더 깊이 사랑의 감정을 느낄 수 있습니다. 시와 사랑은 사랑하는 두 사람이 어깨를 나란히 하며 걷는 것과 같습니다. 둘은 서로의 삶에 참여하면서, 더 깊이 알아 나갑니다. 더 깊이 상대방을 느끼는 방법을 터득하는 것이기도 합니다. 시를 통해 누군가를 사랑하는 자신의 감정을 더 구체적으로 느낄 수 있습니다. 그리고 더 깊이 사랑에 대해 생각해 본 시인들의 마음을 통해 내 마음의 실체도 알아 가는 것이지요.

김선우 시인의 시 한 편을 함께 낭독해 볼까요?

그렇게 오는 사랑 있네
첫눈에 반하는 불길 같은 거 말고
사귈까 어쩔까 그런 재재한 거 말고
보고 지고 그립고 자시고 할 것도 없이
대천바다 물 밀리듯 쏴아 쏴아아아아
온몸의 물길이 못 자국 하나 없이 둑방을 넘어

진액 오른 황금빛 잎사귀들
마지막 물기 몰아 천지사방 물 밀어가듯

몸이 물처럼
마음도 그렇게
너의 영혼인 내 몸도 그렇게

- 김선우, 「대천바다 물 밀리듯 큰물이야 거꾸로 타는 은행나무야」,
『내 몸속에 잠든 이 누구신가』(문학과지성사, 2007)

사랑을 하면 새로운 세계와 만나게 됩니다. 이제까지 경험하지 못했던 복잡미묘한 감정들을 사랑을 하면서 경험하게 되지요. 사랑의 종류도 여러 가지입니다. 첫눈에 반했다는 '벌침 같은 사랑'이 있습니다. 밀고 당기며 서로를 가늠하는 '줄다리기 같은 사랑'도 있지요. 자기 마음도 가늠하지 못하고 헤매는 '미로 같은 사랑'도 있습니다. 한쪽이 이끌고 나아가는 '기관차 같은 사랑'도 있습니다. 주체할 수 없을 정도의 정열이 들끓는 '낭만적 사랑'은 그중 압권이지요. 이 모두가 사랑의 각기 다른 감각들이지요. 하나하나가 소중한 사랑의 풍경들입니다.

「대천바다 물 밀리듯 큰물이야 거꾸로 타는 은행나무야」는 압도적인 언어, 불가항력적인 사랑의 감각이 넘실댑니다. 시인은 "그렇게 오는 사랑 있네"라고, 먼저 호기심을 자극하며 대화하듯 시의 첫머리를 엽니다. 그 사랑은 '불길'처럼 타오르는 것도 아니고, '재재'거리며 계산하는 것과도 다르죠. 서해 바닷물이 물밀듯이 밀려오는 듯한 사랑, 은행나무가 갑작스럽게 물드는 듯한 사랑, 그런 압도적인 사랑에 관해 이야기합니다. 그 사랑은 몸과 마음이 온전히 하나가 되어 영혼마저도 삼켜 버리는 것과 같습니다. 그 달뜬 열기 속에서 온몸이 불길에 휩싸이는 듯한 희열마저도 느끼게 되지요. '영혼과 몸을 함께 움직이는 혼신의 사랑'이야말로 삶의 절정임을 이 시는 넘치는 리듬감으로 표현했습니다.

김선우 시인은 사랑의 궁극을 제시했습니다. 그것은 '숭고의 감각'으로 충만한 사랑입니다. 자신을 압도하는 불가항력적인 사랑 같은 것이지요. 그냥 압도당하는, 그러면서 자신이 그 일부가 되지 않고는 견뎌낼 수 없는 사랑 같은 것이지요. 숭고한 사랑은 이 시에서 그리고 있듯이, '대천바다의 밀물 같은 불가항력적인 사랑'이고, '타는 은행나무처럼 격렬하게 승화되는 사랑'일 것입니다.

 삶의 충만함, 사랑의 감격을 이토록 절절하게 표현한 시가 있을까요? 놀랍지요. 밀려오는 사랑이라니, 서해의 대천 바닷물처럼 큰물로 밀려오는 사랑이라니요. 가을날 갑자기 불타듯 노랗게 물드는 은행나무 같은 사랑이라니요. 정말 경이로울 뿐입니다.

나와 세상을 변하게 하는 시

 사랑하면 사람은 어떻게 변할까요? 사랑은 세상을 변하게 만듭니다. 감수성의 혁명이 일어나는 것이지요. 감수성은 세상을 받아들이는 방식을 말합니다. 사랑하기 전과 사랑하고 있을 때의 감수성은 큰 차이가 있지요. 그래서 사랑하면 감수성의 혁명적 변화가 일어난다고 합니다. 이문재 시인은 「농담」에서 사랑의 감수성이 변하는 것에 대해 잘 그리고 있습니다.

> 문득 아름다운 것과 마주쳤을 때
> 지금 곁에 있으면 얼마나 좋을까, 하고
> 떠오르는 얼굴이 있다면 그대는

사랑하고 있는 것이다.

그윽한 풍경이나

제대로 맛을 낸 음식 앞에서

아무도 생각하지 않는 사람

그 사람은 정말 강하거나

아니면 진짜 외로운 사람이다.

종소리를 더 멀리 내보내기 위하여

종은 더 아파야 한다.

- 이문재, 「농담」, 『제국호텔』(문학동네, 2004)

사람은 자기 중심적으로 생각하다가 사랑에 빠지면 사랑하는 이를 먼저 생각하게 되는 변화를 겪습니다. 사랑하는 사람의 입장에 서서 자신을 다시 바라보게 되는 것이 사랑이지요. 사랑은 상대방의 마음을 헤아리는 것이지요. 사랑을 하면, '나는 이렇게 생각하는데 내 연인은 어떻게 생각할까'라고 궁금해합니다. 이문재 시인은 '아름다운 것' 앞에서 온전히 아름다움을 즐기지 못하는 사람의 마음을 헤아립니다. 아름다운 것 자체만으로는 충분하지 않다고 생각하는 것이지요. '아름다운 것'을 함께 나눌 수 있다면, 그 아름다움이 더 온전해질 것 같은 마음이 바로 사랑입니다.

외로움은 어떤 것일까요? 외로운 사람은 그 누구도 생각하지 않고, 무감각하고 둔감한 상태에 빠져 있습니다. '그윽한 풍경'이나 '제대로 맛을 낸 음식' 앞에서도 감흥이 일지 않습니다. 자신만을 생각하며, 대상을 차갑게 바라보지요. 사랑하는 사람이 있는 이라면, 더불어 나누고 싶다는 생각을 가질 텐데 말이지요. 외롭다는 것은 무엇일까요? 혼자서 충분하다고 애써 자신을 위로하는 것이지요. 이 시는 마지막 연이 인상적입니다. "종소리를 더 멀리 내보내기 위하여", "종은 더 아파야 한다"고 했습니다. 더 깊이 사랑하기 위해 더 큰 고통을 견뎌내야 한다는 것이지요. 외로운 상태에 머물지 말고, 강한 체하지 말고, 온전히 그 고통을 되새기라는 권유처럼 들립니다. 사랑은 그런 것일지 모릅니다. 외로움을 온전히 느끼면서 단단해지는 것, 사랑하기 위해서는 더 깊이, 사려깊게 사랑하는 사람의 입장에서 세계를 바라보는 훈련을 하는 것 말입니다.

슬픈 노래 같은 시

사랑하는 사람이야말로 시인입니다. 자신이 아닌 사랑하는 사람의 입장에서 세계를 보려고 노력하니까요. 하지만 내가 다른 사람이 된다는 것이 가능하기는 한 것일까요? 사랑하는 사람들은 서로 닮아 가지요. 온전히 다른 사람의 입장에서 세상을 볼 수 없지만 닮으려 노력함으로써 더 아파하고, 더 깊은 사랑으로 나아갑니다. 아파하지 않으려거든 사랑하지 말라고 합니다. 사랑은 아픔으로 다져지고, 사랑은 상처로 더 깊어집니다.

사랑이 뜨겁고 아름다운 풍경으로만 채워져 있는 것은 아닙니다. 사랑은 누군가와 관계를 맺는 것이니까요. 서로 다른 존재가 만나 서로를 이해하고, 서로 닮아 가는 과정에서 숱한 사건들이 일어납니다. 같이 기뻐하고 슬퍼하기 위해 함께 노력해야 한다는 것이 가장 중요한 마음가짐입니다. 그렇기에 아프지 않은 사랑도, 너무 큰 아픔을 주는 사랑도, '사랑은 아니다'라고 합니다.

기형도의 시 「빈집」은 사랑의 아픔을 노래한 절창입니다. "사랑을 잃고 나는 쓰네"로 시작해 "가엾은 내 사랑 빈집에 갇혔네"하고 끝나는 이 시에서 "사랑을 잃고 나는 쓰네"라는 구절은 긴 탄식처럼 읽히지요. 시인 기형도는 시의 리듬에 이별의 아픔을 실어냈습니다. 그 절절한 감정을 "사랑을 잃고 나는 쓰네"라고 표현했습니다. 기형도 시인의 시집 『입 속의 검은 잎』(문학과지성사, 1989)에 실린 「빈집」의 전문을 찾아 꼭 한번 읽어 보길 권합니다.

「빈집」은 안과 밖으로 풍경이 나뉘어 있는 시입니다. 화자는 집 안에서 밤을 새우고, 집 안에서 안개들을 바라보았고, 집 안 촛불들 아래에서 글을 썼습니다. 무언가를 그리워하며 슬퍼하고 깊이 절망하지요. 과거에는 집 안에서 많은 일들을 견뎌냈습니다. 그리고 밖의 세계가 있습니다. 화자는 지금은 시를 쓰고 집을 떠나려는 찰나를 그리고 있습니다. 이 시는 강한 역설을 담고 있어요. 겉으로는 모두를 떠나보낸 듯하지만, 마음 안에는 "가엾는 내 사랑"이 "빈집에 갇"혀 있다고 노래하지요. 기억 속에 큰 상처로 남아 있는 것이지요. 그래서 시인은 밖에서 "잘 있거라"라고 외치면서도 안으로는 "가엾은 내 사랑 빈집에 갇혔네"라며 더 깊은 탄식을 내

1989년 29세의 젊은 나이로 세상을 떠난 기형도 시인은
지금까지도 많은 사람의 사랑을 받고 있는 시인이에요.
기형도 시인의 슬픈 노래 같은 「빈집」은
시인 백창우가 곡을 지어 실제 노래로 선보였답니다.

뱉습니다.

　마음속 깊은 상처는 글로 쓰거나 누군가에게 이야기로 말해야 조금씩 치유됩니다. 과거의 슬픔과 열망들을 떠나보낸다는 것은 참으로 어려운 일입니다. 떠나보내고 난 다음에 다시 몸을 추스르는 일도 어렵습니다. 기형도 시인은 「빈집」에서 용기를 내어 자신의 절망을 더 깊이 들여다 봅니다. "잘 있거라"라고 외치고 있으면서도, "빈집에 갇"혔으니까요. 과거와 이별하기가 얼마나 힘든지, 깊은 사랑은 얼마나 처절한 고통을 안겨 주는지를 이 시는 잘 보여 주고 있습니다. 여기서 사랑은 조금 더 확장된 의미로도 읽을 수 있습니다. 시인이 쓰고자 했던 좋은 시와의 사랑일 수도 있고, 시인이 꿈꾸었던 열망들에 관한 것일 수도 있습니다. 시적 의미가 확장되면, 빈집에 갇힌 "내 사랑"은 '열정적이었던 순간에 대한 기억'이라고도 볼 수 있습니다.

　이 시는 슬픈 사랑의 노래 같습니다. 내면의 깊은 목소리를 길어 올리듯, 숨김없이 솔직하게 자신의 이야기를 토로하는 듯, 한 문장 한 문장에 진심이 담겨 있지요. 기형도 시인의 비극적 죽음을 몰라도, 그의 시 세계에 관한 지식이 없어도, 깊은 정서적 연결을 이끌어 내는 좋은 시입니다. 언젠가 느꼈던, 혹은 언젠가는 느낄지도 모를 감각을, 좋은 시는 잘 다듬어진 언어로 환기합니다. 기형도 시인의 슬픈 사랑은, 그의 시를 읽는 모든 독자의 슬픈 사랑이기도 하지요. 정서의 힘이 깊이 스며 있는 시가 좋은 시입니다.

왜 시를 읽어야 하나요?

시는 약자들을 위한 언어예요

시인은 '외로워서, 너무나 외로워서 시를 쓴다'고들 말합니다. 시인은 몸과 마음이 약한 사람들의 마음을 그립니다. 시인은 스스로 약하다고 느낄 때, 위로받으려고 시를 씁니다. 그리고 자신이 위로받으려고 쓴 시로, 다른 사람들을 위로하지요. 그래서, 시는 약자의 언어입니다. 인간은 근본적으로 약한 존재입니다. 인간의 몸은 다른 동물보다 더 강하지 않습니다. 배고프면 먹어야 하고, 더우면 시원한 곳을 찾지요. 추우면 몸을 떱니다. 나쁜 환경으로 인해 바이러스에 감염되면 심하게 앓습니다. 인간은 주위 환경을 관리해 자신의 약함을 극복하려 하지요. 갓난 아기를 보세요. 부모의 보살핌 없이 살아갈 수 없지요. 자연으로부터 먹는 것을 구해야만 살아갈 수 있습니다. 광활한 우주에 비춰 봐도 인간은 미미한 생명이지요. 시는 인간뿐만 아니라, 모든 존재가 약하다는 사실을 환기합니다.

스스로 강하다고 생각하는 사람은 시를 읽지 않습니다. 시를 읽더라도 시에서 위로를 받지 않습니다. 강한 사람에게는 위로가 필요 없지요. 강하면 오만해지기 쉽습니다. 다른 사람을 지배하려 하고 자신의 힘을 과시하려고 합니다. 하지만 그것은 자만심일 뿐이지요. 인간은 우주적 광활함에, 거대한 폭풍을 몰고 오는 자연의 힘에, 그리고 눈에 보이지 않는 바이러스에도 '취약한 존재'이지요. 인간은 약하기 때문에 상처받고, 아프기 때문에 시를 쓰고, 위로 받으려고 시를 읽습니다. 시인이 특별해서가 아니라, 시인이 예민해서 더 깊이 인간의 약함을 언어로 표현할 수 있지요.

시인들이 말하는 시를 읽어야 하는 이유

시인들에게 물어보았습니다. "왜 시를 쓰고, 왜 시를 읽습니까?" 이성부 시인과 김기택 시인, 정끝별 시인의 답을 들어보지요.

이성부 시인은 시 쓰기를 '산길' 걷기에 비유했습니다. 친구들과 함께 산을 걷는다고 생각해 보세요. 그 누구도 내 발걸음을 대신 걸어 주지는 않지요. 온전히 나 자신을 스스로 책임지면서 한 발 한 발 내딛는 것이지요. 생각이 흐르는 것도 마찬가지입니다. 친구들과 이야기를 나누며 즐겁게 걷기도 하지만, 자신만의 생각에 빠져 혼자 엉뚱한 생각을 하기도 합니다. 친구들이 나 대신 생각을 해 주지는 않지요. 그래서 이성부 시인은

"나의 영혼과 내가 이야기를 나누는 것"이 시라고 이야기합니다. 시는 스스로 온전히 자신에게 집중해 제 영혼의 목소리에 귀를 기울이는 것입니다. 이 대답은 이성부 시인의 「산 오르듯 홀로 시의 길을 가다」라는 글에 나옵니다.

김기택 시인은 조금 다른 이야기를 합니다. 김기택 시인은 젊은 시절에 자신을 나약하고, 보잘것없고, 무능하다고 생각했답니다. 소심하고 겁 많은 성격이었기에 외부 세계가 자신을 공격하는 것처럼 느꼈다고 해요. 이로 인해 생긴 상처와 두려움 때문에 오히려 '공격적이고 집요해지기도 했다'고 합니다. 김기택 시인은 시를 통해서 세계에 대응하는 자신의 방법을 찾아 나갔습니다. 김기택 시인에게 시는 "나를 직접적으로 드러내지 않고도 어떤 극한 상황에도 처하게 할 수 있었고, 스스로 부과한 폭력과 수치를 남을 엿보듯이 즐기면서 견디게 해 주"는 도구였다고 합니다. 시는 문학이기에 허구적 성격을 띠고 있습니다. 문학적 허구를 통해 삶의 다른 모습들을 보고, 시 속에서 자신을 위로할 수 있습니다. 김기택 시인은 시적 상상력으로 세상과 소통하고, 시에서 삶의 탈출구를 찾음으로써 다른 사람과 시로 소통하는 방법을 얻은 것이지요. 김기택 시인 이야기는 「나를 견디는 일」에 나옵니다.

정끝별 시인은 시적 영감에 관해 이야기합니다. 시적 영감은 시의 마음, 시심(詩心)이라고 합니다. 정끝별 시인은 시심의 원천으로 "사랑과 자유에의 매혹, 자연(풍경)이나 시대(역사와 이데올로기)에 대한 인식, 책이나 사람들(예술가와의 만남), 운명적인 상황이나 시선을 끄는 우연성"을 꼽습니다.

"사물의 깊이, 시간의 깊이"에 대해 곰곰이 생각하면 시심이 일어납니다. 시는 현실 너머를 꿈꾸는 것이겠지요. '삶의 고통'이 비극적으로 존재를 휘감더라도, 이것이 전부는 아닐 것이라고 속삭이는 것이 시입니다. 정끝별 시인은 시를 "척박한 지금-여기의 현실에 뿌리를 박고 시간의 이빨을 견뎌내며 생명의 물줄기를 놓지 않는 자들의 노래"라고 했습니다. 시는 영감의 언어이고, 시인은 언어로 세상을 견딥니다. 그렇기에 시는 '꿈꾸는 언어'의 노래라고 할 수 있을 것 같네요. 정끝별 시인의 글 「시는 어디서 오는가」에 이러한 이야기가 담겨 있습니다.

시는 운율이 있는 언어로 이뤄져 있고, 독특한 형식으로 감성이나 사상을 표현해요. 시인들은 시야말로 '모든 문학의 기원이다'라고 말합니다. 그렇기에 이성부 시인은 영혼과의 대화라고 했고, 김기택 시인은 시의 언어가 위로를 준다고 했으며, 정끝별 시인은 '현실 너머'를 상상할 수 있게 해 준다고 했습니다. 시는 정신적 맥(脈)으로서 영혼과 나누는 대화이며, 시인은 시심을 통해 공감과 위로의 마음으로 독자와 소통하는 것이지요.

시를 읽어야 하는 이유는 다음의 몇 가지로 정리할 수 있을 것 같습니다.

첫째, 시는 자신과 대화하도록 이끌어 줍니다. 시는 영감의 언어로 세계의 이미지를 담아냅니다. 독자는 시를 읽음으로써 자신의 언어 세계를 넓혀 나갑니다. 자신의 언어가 세계를 해석해 낼 수 있는 만큼만 자신의 세계도 넓어집니다. 독자 자신이 그린 세계의 지도가 커지는 것이지요. 내면의 언어도 마찬가지입니다. 자기 내면을 포착할 수 있는 언어에 예민해짐으로써 자신과 세계의 관계를 자기만의 관점에서 설명할 수 있습니다.

둘째, 시적 상상력은 현실의 억압 너머를 상상할 수 있는 힘을 줍니다. 자신이 처한 상황, 맥락, 관심사에 따라 시를 해석해 냄으로써 자신의 마음을 스스로 돌아볼 수 있습니다. 시를 읽음으로써 시의 정서를 흡수합니다. 그리고 스스로 세상을 바라보는 자신의 태도를 만들어 나가게 되지요. 자신의 처지를 시에 투영하고 이를 재해석하는 마음이, 적극적인 시 읽기가 되는 것이지요.

셋째, 시는 상상력을 통해 창조적 능력을 향상하게 합니다. 창조성은 '다른 상상'을 할 수 있는 능력입니다. 사회는 제도 교육을 통해 학생들을 '문화적 틀' 내에 묶어 두려고 합니다. 제도 교육에 충실하다 보면, 기존 사회의 문화적 관습에 얽매이는 사고방식이 형성됩니다. 이것이 고정관념이지요. 시는 다른 상상을 하며 세계를 볼 수 있게 하기에 고정관념에서 벗어나 다른 세계로 나아가는 길을 열어 주지요.

시는 우리 마음, 내면의 세계를 보여 줘요

현대사회는 이성을 중시합니다. 모든 것이 논리적으로 맞아떨어져야 하기에 원인과 결과의 관계를 따집니다. 이성 중심주의는 근대성(modernity)의 한 특징이기도 합니다. 근대성은 18세기 이후 서구 유럽 사회를 중심으로 형성된 세계 체제의 특성을 말합니다. 근대성은 과학기술 혁명, 자본주의적 합리성, 이성 중심주의, 개인주의를 특징으로 합니다. 한마디로 말하면, 현대인의 삶의 양식을 근대성이라고 부르지요. 근대 이전의 사회가 종교에 근간을 둔 신분제 사회였다면, 근대사회가 형성된 이후에는 '이성과 합리성'을 중시하는 사회로 바뀌었습니다. 그렇다 보니, 이성에 대비되는 감성과 합리성에 대비되는 우연성은 근대 체제 바깥으로 밀려나게 되었지요. 시를 포함한 예술은 감성적 성격과 우연적 성격을 함께 지니고 있기에, 근대 사회에서는 이전과는 다른 지위와 역할을 갖게 되었습니다.

시는 감성적이고, 때로는 우연과 비약을 활용하고, 생각과 느낌을 중시하잖아요. 합리적 이성을 중시하는 사회에서는 시의 자리는 중심부에서 밀려났습니다. 그런데도 왜 시를 읽어야 할까요? 인간의 정신은 이성과 합리성으로만 구성된 것이 아니지요. 인간의 정신은 이성과 감성, 합리성과 우연성도 공존합니다. 시는 근대성이 보다 덜 중시했던 인간의 정신 영역인 감성, 우연성, 초월과 관련을 맺고 있어요. 시는 마음의 움직임을 포착해요. 이성과 합리성으로 설명되지 않는 사랑, 분노, 기쁨, 즐거움, 슬픔 등과 같은 감정들이 시로 표현되지요. 근대사회가 억압하고 간과했던 인간의 감정, 우연성, 초월과 같은 정신작용을 다룸으로써 시는 근대사회와는 다른 사회를 상상하는 데 도움을 주지요. 시가 그리는 마음의 세계, 내면세계는 이성 중심의 인간과는 또 다른 인간을 보여 줍니다. 시를 읽고, 시를 쓰면서 인간을 더 다면적이면서도 중층적으로 이해할 수 있게 되는 거지요.

내면 세계를 탐구해 언어로 표현하는 언어의 장인들

시인은 언어의 장인들이에요. 장인들은 손재주를 통해 완성도 높은 공예품을 만들어 내잖아요. 쉽게 도달할 수 없는 기술적 완성도를 끊임없는 훈련을 통해 얻어 내지요. 언어의 장인들은 앞에서 이야기한 김용만 시인의 「폭설」에서처럼 '시가 온다'라는 표현을 써요. 자신의 내면 세계에 집중하는 성향을 가진 사람들은 모두 시인의 자질을 가지고 있어요. 자신의 외부적 조건, 가정환경, 학업성적 등에 구애받지 않고 내면의 감정, 정서, 마음의 움직임에 집중하면 이미 시인입니다.

앞에서 시인은 언어의 장인이라고 했지만, 시인은 언어의 공통감각을 넓혀 나가는 사람이라고도 할 수 있습니다. 좋은 시인은 자신의 내면을 탐구해서 그것을 언어로 표현함으로써 내면 세계를 궁금해하는 독자들에게 공감을 불러일으킨다는 의미이지요.

좋은 시인, 좋은 독자는 '지금과는 다른 세상'을 상상합니다. 시인의 마음을 가진 이들은 지금과는 다른 세계를 상상함으로써 근대 세계가 간과했던 감정, 우연성, 초월 등에 관해 더 열심히 호기심을 갖습니다. 시인은 그 호기심을 언어적으로 더 깊이 탐구하여 표현해 내려고 하는 이들입니다.

생각 더하기+

문학관은
무엇을 하는 곳인가요?

　사는 곳이 어디든 근처에 분명 '문학관'이 한 군데쯤은 있을 것입니다. 작가의 문학관도 있고, 특정 주제를 중심으로 문학관을 조성한 경우도 있지요. 도시에는 지역 대표 문학관이 대부분 있습니다. 잠깐 시간을 내서 그중 한 곳에 들러 보세요. 작가의 책은 물론, 직접 쓴 원고, 당시의 문학 자료 등을 전시하고 있을 것입니다. 때로는 작가의 서재를 그대로 재현해 놓기도 하고, 만년필 같은 유품을 전시하기도 합니다. 작가가 실제로 사용한 유품을 천천히 들여다보면, 그의 작품이 보다 실감나게 느껴지기도 합니다. 이렇듯 작가가 살았던 과거의 시간으로 문학여행을 떠나는 곳이 문학관입니다. 좋아하는 작가가 있다면, 그 작가의 문학관을 찾아서 방문해 보는 것도 좋은 경험이 될 거예요.
　그럼 문학관에 대해 좀 더 자세히 살펴볼까요?
　문학관은 '문학 관련 자료를 수집하고, 보존하고, 연구하고, 전시하는 곳'을 말합니다. 작가들의 작품을 전시하고, 작가와 관련이 있는 자료들을 수집하고 분류하며 체계화하지요. 그리고 독자들에게는 전시를 관람하고, 문학 책을 읽고, 또 세미나도 할 수 있는 공간을 제공하기도 합니다. 그래서 현대의 문학관은 복합문화공간으로 기능하곤 하지요.

예를 들어 부여의 '신동엽 문학관'에 가면, 신동엽 시인이 태어난 생가가 보존되어 있습니다. 그곳 옆에 전시·체험·문화공간이 멋지게 조성되어 있습니다. 신동엽 시인의 생애는 물론, 그의 시 세계가 갖는 특성, 시인이 살았던 시대를 잘 알 수 있도록 전시되어 있습니다. 관람객은 신동엽 문학관에서 시인의 삶과 문학, 그리고 동학농민전쟁을 포함한 한국근현대사의 여러 사건들을 문학적으로 체험할 수 있습니다. 그곳에서 옛 정취를 느끼며 차도 마시고, 신동엽 시인과 관련한 '굿즈 상품'도 구입할 수 있지요.

「2024년도 문학실태조사」에 따르면 전국에 128개의 문학관이 있다고 합니다. 이 문학관들은 다음 세 가지로 나눌 수 있습니다.

첫째, 신동엽 문학관처럼 작가와 작품을 중심으로 문학관을 조성한 경우입니다. 대표적인 예로 김수영 문학관(서울 도봉구), 김유정 문학촌(춘천시), 박인환 문학관(인제군), 윤동주 문학관(서울 종로구), 이육사 문학관(안동시), 이효석 문학관(평창군), 태백산맥 문학관(보성군), 혼불 문학관(남원시) 등을 꼽을 수 있습니다.

둘째, 지역 대표 문학관이 있습니다. 대구문학관, 대전문학관, 목포문학관, 보령문학관, 인천의 한국근대문학관, 제주문학의 집 등이 대표적인 예입니다.

• 2026년 서울 은평구 진관동에 개관 예정인 국립한국문학관 조감도 •

　셋째, 주제를 중심으로 문학관을 건립한 사례입니다. 농민문학관(영동군), 한국 가사문학관(담양군), 지리산문학관(함양군), 김성종 추리문학관(부산해운대구), 한국시조문학관(진주시), 세계여성문학관(서울 용산구) 등을 꼽을 수 있습니다.
　관심이 있는 작가의 문학관을 찾아가면 그 작가의 문학적 향취를 느낄 수 있습니다. 지역에 따라서는 그곳에서 활동한 문인들의 자취를 느낄 수 있지요. 주제에 따라 특정 문학을 더 깊이 잘 파악할 수도 있습니다.
　그런데 지역을 대표하는 문학관이 있다면 우리나라 문학 전체를 대표하는 문학관도 있어야겠지요? 2026년 하반기에 '국립한국문학관'이 서울 은평구 진관동에 문을 연다고 합니다. 1967년에 '일본근대문학관'이, 1995년에 '중국현대문학관'이, 2007년에 '국립대만문학관'이 개관한 것에 비하면 다소 늦은 셈입니다. 하지만 나중에 설립된 만큼 더 개성있고 독특한 형태의 문학관이 될 것으로 기대를 모으고 있습니다. 국립한국문학관은 도서관(Library)이면서, 기록관(Archives)이자, 박물관(Museum)인 '라키비움(Larchiveum)'으로 설계되었습니다. 국립한국문학관이 '소중한 문학자료'를 잘 보관할 뿐만 아니라, 방문자들에게도 '오래 기억할 수 있는 문학체험'을 하는 좋은 공간으로 조성되기를 바랍니다.

{ CHAPTER 03 }

한국 소설에 관해 알아보아요

이야기는 사람들을 매혹시킵니다. 소설은 매력적인 이야기를 품고 있지요. 현대소설은 '있을 법한 꾸며 낸 이야기들'입니다. 상상으로 만든 세계이지요. 그 세계를 통해 '허구적 진실'과 만나게 됩니다. 소설을 읽으면서 세계를 자신의 방식으로 이해하는 방법을 터득하게 되고, 소설 서사가 그려낸 세계의 아름다움에 대해 감탄하기도 하지요.

소설을 더 잘 알고, 더 잘 읽기 위해 여러 소설 작품을 함께 넘나들며 이야기를 해 보아요. 세계의 복잡함을 허구적으로 담아내는 소설의 특성도 살펴보아요. 그리고 소설 읽기를 통해 다른 세계를 상상하고, 인물에 공감하는 방법에 대해서도 알아보도록 해요. 추한 것까지 그려 내는 현대소설의 특성도 아울러 살펴봐요.

1
소설은 어떻게 거짓으로 진실을 이야기하나요?

사람들은 옛날이야기를 하며 살아요

'이야깃주머니'라는 말을 들어 봤지요? '이야기보따리'라는 말도 있고요. 옛날이야기를 하거나 들을 때는 '이야깃주머니를 열어 볼까?'라고 하거나, '이야기보따리 풀어 주세요'라는 말을 하지요. 옛날이야기를 듣다 보면, 옛날 사람들도 지금처럼 더 먼 옛이야기를 하고 들으며 살았겠구나 하는 생각이 들어요. 또 옛날이야기를 통해 그때 사람들도 지금과 마찬가지라거나, 옛날 사람들의 생각이 지금까지도 전해지는 듯한 느낌이 들지요. 과거에도 사람들은 두려워하는 것이 있었고, 걱정거리도 있었으며, 실패로 인해 좌절하거나 희망을 좇아 모험을 떠나기도 했어요. 그런 옛날이야기들이 지금의 우리에게도 위안을 주지요. 이야기는 과거와 현재를 잇는 역할을 해 줍니다.

「이야기 귀신」이야기

여기, 이야깃주머니와 관련된 옛날이야기가 한 편 있습니다.

보통 이런 이야기는 '옛날 옛날 아주 먼 옛날에'로 시작하지요. 이 이야기도 봉건적 신분제도가 있던 때를 배경으로 합니다. 「이야기 귀신」은 양반집 도령과 그 집 머슴이 주인공으로 등장합니다. 도령은 옛날이야기를 무척 좋아했습니다. 여기저기 부지런히 이야기가 있는 곳을 쫓아다녔고, 그러다 재미있는 이야기를 들으면 꼭 적어서 허리춤의 주머니에 보관했지요. 그런데 도령은 이야기를 듣는 것만 좋아하고 다른 사람에게 전하는 법이 없었어요. 지독한 이야기 욕심쟁이였던 거지요. 그렇게 몇 년 동안 이야기가 쌓이고 쌓이니 주머니가 꽉 찼답니다. 주머니 속에 갇혀 있던 이야기들이 오죽 숨이 막혔겠어요? 옛날에는 "무엇이든 오래 묵으면 귀신이 된다"는 말이 있었답니다. 이야기들도 주머니 안에 갇혀 몇 년을 지내다 보니 나쁜 귀신이 되었지요.

도령네 집 머슴도 도령의 이야깃주머니를 알고 있었지요. 도령이 어느덧 성장하여 장가를 들 나이가 되어 혼례일을 앞둔 어느 날이었어요. 머슴이 도령과 함께 잠을 자다가 이상한 말소리를 듣게 되었답니다. 가만히 들어 보니 도령이 허리춤에 차고 있던 주머니에서 들리는 소리였습니다. 이야기 귀신들이 저희끼리 말하는 소리를 머슴이 들은 거예요. 한 귀신이 "이놈이 장가가는 날, 먹음직스러운 배가 되어 따 먹게 해서 즉시 죽게 하리라" 말하자, 또 다른 귀신은 "옹달샘이 되어 마시면 죽게 하리라" 하며 모의하는 것이었습니다. 마지막 귀신도 "혼례식장의 바늘방석이 되어 찔려 죽게 하리라" 하는 무시무시한 말을 했어요. 그 소리를 들은 머슴은 이러다가 도령이 혼례도 치르지 못하고 죽겠다는 생각에 자청해서 도령을 수행하겠다고 나섰어요. 혼례식장으로 가는 길에 도령이 머슴에게 탐스러운 배를 보고는 따 오라고 하고, 맑은 샘물을 보고는 물을 떠 오라며 명을 내렸어요. 하지만 머슴은 이런저런 핑계를 대며 배를 따 오지도 않고, 샘물을 떠 오지도 않으며 명령을 거부했답니다. 혼례식장에서는 도령이 방석에 앉으려 하는 순간, 머슴이 재빠르게 바늘방석을 치워버렸고요. 나중에야 그 사정을 들은 도령은 머슴에게 크게 고마워했고 이후 친아우처럼 끔찍이 위했다고 합니다.

호모 루덴스, 이야기로 놀아요

「이야기 귀신」은 서정오 선생님이 쓰신 『서정오의 우리 옛이야기 백가지』(현암사, 2015)에 나옵니다. 오랜 옛날부터 전해 오는 이야기를 모아서 펴낸 책이지요. 이야기는 사람에게서 사람에게로 전달됩니다. 마치 살아 있는 것처럼 옮겨 다녀요. 그러다가 이야기가 변하기도 하고, 새로운 이야기로 다시 탄생하기도 하지요. 누군가에게서 들은 이야기는 다시 누군가에게 전해져야 합니다. 어딘가에 이야기가 갇히게 되면 그 이야기는 죽어 버리고 말지요. 세상의 모든 생명과 사물도 운동을 해야 존재하는 것처럼 이야기도 가두고 풀어 주지 않으면 '나쁜 기운'으로 변하고 맙니다. 이야기 귀신처럼 사라지지 않기 위해 몸부림치다 나쁜 기운을 품기도 하지요. 일종의 저주 같은 오싹한 이야기지요. 그런데, 곰곰이 따져 보면 곱씹어볼 만한 내용이 있어요. 누군가에게 이야기를 한다는 것은 그 이야기를 풀어놓는다는 것이잖아요. 이야기를 주머니 속에 가둬만 두면 어떻게 될까요? 이야기가 돌지 않겠지요.

    오랜 옛날 사람들이 이야기를 생명이 있는 것처럼 대했다는 것도 신기하고, 그것이 어떤 방식으로든 현재까지 이어져 온다는 것도 신기하지요? 그 이야기가 현대에 와서는 소설이 된 것입니다. 옛날 사람도 현재의 사람도 이야기를 꾸며 내는 욕망을 가지고 있었어요. '놀이'에 대한 강렬한 욕망이 인간의 내면에는 존재합니다. 거짓을 꾸며 내는 것, 그것에서 즐거움을 찾고 즐기는 것이지요.

    요한 하위징아(Johan Huizinga)가 쓴 『호모 루덴스』(연암서가, 2018)라는 책이 있습니다. 이 책에서는 인간을 호모 사피엔스(생각하는 인간), 호모 파베르(도구를 사용하는 인간)라고 부르는 것보다 오히려 '호모 루덴스'라고 불러야 한다고 주장해요. 호모 루덴스, 즉 '놀이하는 인간'이 인간의 문화를 만들었다는 것이지요. 하위징아는 '놀이'가 이미지를 만들어 내는 것이라고 해요. '상상력'을 통해 현실을 이미지로 바꾸는 놀이라는 것이지요. 이야기를 하고, 그것을 전파하는 것도 '놀이하는 인간'의 특징이라고 볼 수 있어요. 예부터 인간은 즐거움을 추구했고, 이야기를 만들어 계속 퍼트리려는 충동을 갖고 있었지요. 옛이야기가 현대의 제도화된 형태로 바뀐 것이 현대소설입니다. 옛이야기가 말로 전해져 왔다면, 글로 체계화된 서사적 형식이 현대소설입니다.

소설이 추구하는 세계

현대소설은 있을 법한 사건을 꾸며낸 이야기로, 그 사건의 원인과 영향을 잘 짜인 서사로 만들어 낸 의미 있는 구성물입니다. '있을 법한 사건'은 실제 있었던 사건이 아니라 허구적으로 상상해 낸 사건입니다. 소설은 사건에 관한 이야기입니다. 사건은 일상적으로 유지되던 것이 급격하게 변화하는 것을 말하지요. 소설은 사건을 다루기에 극적이고, 흥미롭습니다. 그런데 사건을 다루는 방식도 중요한데요, 어떻게 아름다움이 느껴지도록 사건을 이끌어 나가는지가 소설 서사의 중요한 요건이 되지요. '있을 법한 이야기'는 가능성에 관한 상상에서 점차 설득력 있는 진실로 변화합니다. 소설은 신문에서 보도되는 객관적 사건이 아니라 누구에게나 있을 법한 이야기적 요소를 지녀요. 그래서 독자에게 '상상적 진실'로 받아들여지지요. 소설이 추구하는 세계는 '허구적 진실'의 세계입니다.

미지의 공간과 시간으로 떠나는 세계

소설가 김초엽의 『방금 떠나온 세계』(한겨레출판, 2021)에 수록된 「오래된 협약」이라는 단편소설이 있습니다. '벨라타 행성'이라는 미지의 세계를 공간적 배경으로 한 작품으로 시간적 배경도 지금으로부터 수백 년 후로 설정되어 있지요. 「오래된 협약」은 과학소설(SF, Science fiction)입니다.

소설 속 공간 벨라타 행성은 인류가 수백 년 전에 발견한 행성입니다. 인간이 처음 벨라타 행성에 도착했을 때 그곳은 '오브'라는 생명체가 지배하고 있었습니다. '오브'는 행성 전체에 뿌리를 내리고 땅 위로는 일부만 드러난 채로 살아가는 식물 같은 존재지요. 지구와의 연결이 끊겨 이곳에 뿌리를 내려야 하는 사람들에게 오브들이 생성하는 클로포늄이라는 화학물질은 치명적인 작용을 했습니다. 그러나 벨라타 행성에 온 인간이 멸종의 위기에 처한 바로 그 순간, 오브가 인간에게 손을 내밉니다. 서로 간 협약을 통해 공존할 수 있는 길이 열린 것이지요. 영화에 자주 등장하는 익숙한 설정이지요. 고립된 인류가 낯선 환경에 적응하는 서사 말이에요. 하지만 이 작품은 그런 익숙한 흐름과는 조금 다른 특이한 방향으로 전개됩니다. 「오래된 협약」은 여기서 한 발짝 더 깊이 들어갑니다. 시간이 흘러 인간이 벨라타 행성을 발견한 지 수백 년이 지난 시점에 지구에서 탐사선이 이곳을 방문하게 되며 새로운 갈등과 이야기가 시작되지요.

김초엽의 「오래된 협약」은 작가의 상상력이 돋보이는 작품입니다. 이 소설은 먼 미래의 시간 속에 과거의 이야기를 심어 놓았습니다. 벨라타 행성을 '노아의 방주'에 빗댄 것이나, 어떤 이유로 인류의 후손들이 고립되었다가 다시 지구인을 만난다는 설정도 미래 속의 과거 이야기와 연결됩니다. 공간적 단절과 시간적 단절은 각기 다른 문화를 형성하게 합니다. 같은 기원을 공유하지만, 단절로 인해 각자 다른 길을 걷게 되지요. 「오래된 협약」은 '금기'라는 상징을 사용하여 문화 충돌을 그린 작품입니다. '금기'를 통해 어떻게 고유문화가 형성되고, '금기'를 통해 어떤 가치를 보존하려 하는가에 관해 생각해 보게 합니다.

또한 「오래된 협약」은 인간이 지구의 주인이라는 생각에 대해 문제를 제기합니다. 이 작품을 읽다 보면, 수많은 생명체의 공유 생태계인 지구가 인류와 암묵적으로 협약을 맺고 있을 수도 있다는 생각을 갖게 됩니다. 이처럼 좋은 소설은 미래를 이야기하면서도 현재를 생각하게 하는 힘을 가지고 있습니다.

상상을 통한 미적 체험을 안겨 주는 '소설'

허구적 미래 세계를 그럴 법하게 그려 낸 소설로 복거일의 『비명을 찾아서: 경성, 쇼우와 62년』(문학과지성사, 1987)이라는 작품도 흥미로운 예입니다. 이 소설은 특이하게도 '1909년 10월 26일 하얼빈에서 있었던 안중근 의사의 이토 히로부미 암살이 실패했다면'이라는 가정에서 시작합니다. 소설은 이토 히로부미가 살아남고, 1·2차 세계대전에서도 일본이 패

과학소설은 시간과 공간을 넘나들며 가상 또는 미래의 이야기를 하지만,
현재를 생각하게 하는 힘도 가지고 있습니다.

전국이 되지 않았다는 설정을 합니다. 그래서 일본은 여전히 조선을 지배하고 있지요. '경성, 쇼우와 62년'이라는 부제는 바로 일본이 지배하고 있는 1987년의 서울을 의미합니다. 일본은 조선에서 일본어 사용을 의무화했고, 조선어 출판물의 발간 또한 금지했습니다. 조선어로 된 책은 모두 나쁜 사상을 담은 발간물로 지정해서 소지하는 것만으로도 사상범으로 처벌하는 가혹한 통치를 했습니다. 조선어와 조선어 출판물이 완전히 사라진 일본의 지배체제 아래에 있는 한반도를 상상해 보세요. 끔찍하지요? 소설은 이 가상의 세계에서 자신이 조선인이라는 사실을 인식하지 못했던 '기노시다 히데요'라는 인물이 '박영세'라는 자신의 진짜 이름을 찾아가는 과정을 보여 줍니다. 이야기가 어떻게 전개될지 궁금하지요?

소설가 복거일은 '낯선 가정법'을 사용하여 일본제국주의의 지배가 지속되고 있는 1987년의 서울을 정교하게 그려 냈습니다. 오싹하면서도 흥미로운 소설이고, 절대 불가능할 것 같은 상황을 소설 언어로 잘 구현해 낸 소설이지요. 소설이란 이런 것입니다. "신도 과거를 바꾸지 못한다"고 하지만, 소설가는 허구적 세계를 통해 과거를 바꿔 놓을 수 있는 거지요.

소설의 아름다움은 '꾸며낸 거짓' 세계에서 생겨납니다. 실제로 존재했던 사실에 관한 이야기에는 독자인 '나'가 들어설 자리가 없습니다. 이미 완료된 사건의 세계니까요. 하지만 '허구로서의 소설'은 상상의 세계이기에 내게도 일어날 수 있는 사건으로 받아들여집니다. 독자인 '나'도 읽기에 집중하며 그 위치에 놓일 수 있다고 상상하게 되지요. 과거의 사실은 특정인의 이야기이지만, 허구는 모두의 이야기가 될 수 있습니다. 그래서

'허구적 진실'로서 소설은 상상을 통한 '미적 체험'의 가능성을 열어주는 것이지요.

소설을 통해 나만의 새로운 세계를 만들어요

소설이라는 허구적 세계에서 이뤄지는 '미적 체험'은 독자들에게는 즐거운 놀이이면서 동시에 이야기에 빠져들게 하는 경험을 안겨 줍니다. 독자는 허구적으로 잘 짜인 소설 세계에 빠져들어 상상 체험을 하게 됩니다. 독자는 적극적으로 그 세계를 그려 보고, 스스로 머릿속에서 실감 나는 체험을 하지요. 허구의 세계에 참여한다는 것, 그리고 그 참여 과정에서 자신의 상상력을 발휘해 그 세계를 구성해 보는 것은 독자에게 큰 의미가 있습니다. 새로운 상상력의 세계에 들어가는 것이자 자신의 상상력을 동원해 그 세계에 참여하는 것이기도 하니까요. 상상력의 세계는 참여하면 참여할수록 더 두터워지고 깊어집니다. 때로는 현실에서 볼 수 없는 것들조차도 상상력의 세계에서는 갑작스러운 깨달음처럼 드러나기도 하지요. 좋은 소설은 새로운 세계로 우리를 안내합니다.

소설을 통해
다른 세상을 꿈꿀 수 있나요?

마음의 위로를 얻는 방법

고등학교 시절, 소설 작품을 읽으면서 상상의 세계에 빠져드는 것이 즐거웠습니다. 누구나 어려운 처지가 되면, 위로받을 방법을 찾곤 하지요. 그 도피처가 컴퓨터 게임에 몰입하는 것일 수도 있고, 축구와 같은 스포츠에 광적으로 집착하는 것일 수도 있습니다. 또는 연예인에게 몰입하여 팬덤이 되기도 하고요. 현실의 괴로움을 해소하는 길을 찾는 것은 나쁜 일이 아니에요. 자기만의 방식으로 스트레스를 해소하고, 또 즐거울 수 있는 길을 찾아야 삶에 숨통이 트이니까요.

제게는 소설을 읽고 글을 쓰는 것이 현실의 괴로움을 위로하는 방편 중 하나였어요. 소설은 삶이 힘들고 고달파서 맥을 놓고 있는 제게 기운 내라며 용기를 북돋워 주는 토닥거림 같은 것이었습니다. 힘든 시기에 세상을 살아 내는 방법은 여러 가지가 있습니다. 그냥 버티면서 미래에 희망을 품는 것도 한 방법이고요. 다른 사람과 서로 이야기를 나누고 위로받으며 함께 현재를 견뎌 내는 것도 좋은 방편이지요. 굳이 소설이 아니더라도, 어떤 글에서든 살아가는 방법에 대한 영감을 얻으면 좋지요. 저는 소설에서 큰 위로를 발견하곤 했어요. 소설에 등장하는 누군가의 고통을 통해 나의 고통을 다시 바라보게 되었고, 소설 속 행복한 삶과 불행한 삶을 통해 세계의 복잡성에 대한 깨달음을 얻기도 했습니다. 소설은 힘든 시기 삶에 휴식을 주는 쉼터이자, 삶에 관한 가르침을 주는 깨달음의 샘물이었지요. 소설을 읽으면서 배운 것 중 하나가 '타인으로부터 이해를 받으려면, 타인을 이해해야 한다'라는 것이었어요. 저의 마음만 앞세우는 것이 아니라, 다른 사람의 마음도 헤아리는 여유를 갖는 것 말이지요.

헌책방의 추억

대학 입학시험의 압박 때문에 자유롭게 책 읽을 시간이 없을 때도, 교과서 이외의 소설을 읽으려고 노력했습니다. 학교 앞에 있는 헌책방과 시내에 있는 큰 서점에 가는 것이 제게는 즐거움이었지요. 제가 다녔던 광주고등학교 정문 근처에는 헌책방이 많았어요. 교문을 나서면 바로 있었던 '대중서점'은 학교 참고서와 사전 같은 것을 주로 취급하고 있었어요. 당시 헌책방의 필수 판매 품목이 영어사전이었답니다. 그 '대중서점'에서 잃어버렸던 제 영어사전을 팔고 있는 것을 발견했을 때 얼마나 놀랐던지요. 누군가 제 사전을 훔쳐다가 그곳에 팔아 푼돈을 챙긴 거지요. 내 사전을 다시 돈을 주고 사야 했던 황당한 기억이 생생합니다. 책이 귀한 취급을 받던 시절에는 헌책방이 학교 주변에 많았어요. 제가 다녔던 학교 근처에는 '계림동 헌책방 거리'라고 불리는 곳이 있었습니다. 다른 지역도 그렇겠지만 지금은 헌책방이 많이 사라졌어요. 지금은 '계림동 헌책방 거리'에 '문학서점', '백화서점', '광주 고서점', '유림서점' 정도가 남아 있습니다. 제가 고등학교에 다니던 시절, 헌책방에 가면 어떤 서점 주인은 무슨 책을 찾는지 꼬치꼬치 캐묻기도 했지만, 어떤 서점 주인은 마음대로 책을 살펴보도록 내버려두기도 했어요. 토요일 수업이 끝나면 집에 가지 않고 헌책방에서 긴 시간을 보내기 일쑤였고, 가끔은 책도 사 들고 집으로 오곤 했던 추억이 있습니다.

『비화밀교』에서 건져 올린 생각

그 시절, 헌책방에서 만난 책 중 한 권이 이청준의 『비화밀교』였습니다. 책 제목이 은밀한 비밀을 이야기하는 듯이 멋져서 냉큼 집어 들었습니다. 『비화밀교』 화자인 '나'는 소설가로 어느 날 선배인 민속학자 조승호를 따라 그믐날 밤 제왕산 등산을 하게 됩니다. 신년 해돋이와 달리 음력 그믐날 밤의 등산은 무언가 비밀스럽고 '도깨비놀음' 같은 은밀한 느낌을 주지요. 아니나 다를까 이 기이한 산행은 J읍 사람들 사이에서 오래된 역사를 지닌 풍습이었습니다. 처음 제왕산에 오른 '나'는 깜짝 놀랄 만한 종교의식과 같은 행사를 목격하게 됩니다. 그곳에서는 '불'을 둘러싸고 독특한 의식이 펼쳐집니다. 횃불이 모여들고 소용돌이 같은 강렬한 이미지들을 만들지요. 생각해 보세요. 평상시에는 그냥 평범한 생활을 하던 사람들이 매년 그믐날이면 어떤 비밀스러운 종교 집단처럼 모여 특별한 의식을 치르는 장면을 말이에요. 마지막에 이르러 밀교의식이 지속되느냐 아니면 폭발적 분노 표출로 인해 중단되느냐의 갈등이 고조됩니다. 그 갈등의 현장을 '나'는 목격하고, 소설로 남기게 됩니다. 그렇게 탄생한 소설이 바로 『비화밀교』인 것이고요. '비화(秘火)'는 비밀스러운 불이고, '밀교(密敎)'는 사전적 의미로는 불교의 한 갈래이지만 여기서는 '은밀하게 전해 내려오는 종교'의 의미로 씁니다.

여기서는 간략하게 줄거리 정도만 소개했지만, 『비화밀교』는 현실의 질서와는 다른 질서를 열망하는 사람들의 꿈을 그린 작품입니다. 이청준은 J읍 사람들이 '섣달 그믐날'에 모여 밀교적 행사를 한다는 설정을 통해 보통 사람들의 평등한 세상에 대한 열망을 그려 냈지요.

저는 제왕산 정상에서 펼쳐지는 특별한 의식을 작가가 강렬한 이미지로 그려 낸 장면을 읽으면서 약간 충격을 받았답니다. 그리고 소설 속 세계에 빠져들어 내가 모르는 세계가 있을 수도 있구나, 드러나는 세계가 전부는 아니구나, 하는 생각도 했습니다. 저는 열심히 공부해서 점차 세계에 대해 알아가고 있다고 생각했는데, 그렇게 알아낸 세계도 그저 한 부분일 수

이청준은 집요하게 진실을 추적하는 솜씨가 뛰어난 한국의 대표 작가입니다.
그의 단편소설 「서편제」는 임권택 감독의 〈서편제〉로,
「벌레 이야기」는 이창동 감독의 〈밀양〉으로 영화화되었답니다.

도 있다는 생각을 갖게 되었지요.

『비화밀교』를 읽으면서 두 가지 생각을 하게 되었습니다. 진실은 어쩌면 드러나는 세계에 있는 것이 아닐지도 모른다는 생각과 함께 다른 한편으로는 숨겨진 세계가 두렵지만 진짜를 알고 싶다는 생각도 들었습니다. 문학을 공부하는 것이 그런 탐구의 세계에 들어가는 것일 수 있다는 느낌도 있었고요. 제가 학생으로서 하는 공부는 드러난 세계의 공부이고, 호기심을 갖고 스스로 하는 공부는 숨겨진 세계에 대한 공부일 수도 있다는 느낌 말이지요. 정답이 있는 세계는 의심스럽다는 생각도 했습니다. 세상의 모호성에 대해 감각적으로 느끼게 해 준 계기를 이청준의 『비화밀교』가 마련해 준 것이지요.

상상의 세계가 선사하는 신선한 경험

이청준의 『비화밀교』는 고등학생 시절, 제가 문학을 전공하기로 마음먹는 데 영향을 미친 작품입니다. 저는 철학이나, 역사학, 문학 중에서 진로를 선택하려고 했고, 모두 인문학이라서 그중 어느 것을 선택해도 결국 연결된다고 생각하고 있었지요. 그런데 『비화밀교』를 읽으며 '소설의 세계는 참 매력적이구나'라고 느꼈고, 이런 공부를 한다면 전공을 문학으로 정해도 좋겠다고 마음먹었답니다. 문학이 누군가를 위로할 수 있다면, 그것이 곧 세상을 위로하는 것이 아니겠느냐 하는 생각도 했고요.

소설은 독자에게 건네는 위로입니다. 약자에게 공감하고, 고통받는 사람들을 어루만져 주는 것이 예술의 한 역할이기도 합니다. 소설도 그러한 예술의 전통 속에 있지요. 삶의 번뇌와 고통에 빠져 있다가도 잠시나마 소설을 읽으면서 벗어날 수 있습니다. 아름다움에 대한 매혹이 누군가에게는 구원이 될 수도 있습니다. 예술은, 문학은, 소설은 누군가에게는 고통으로부터의 구원이기도 합니다. 소설을 읽다 보면 '나의 이야기가 소설 같고, 소설이 나의 이야기 같다는 느낌'을 받게 됩니다. 타인의 삶을 간접적으로 경험하게 되고 다른 한편으로는 타인의 삶이 내 삶의 일부로 들어오는 경험도 하게 되지요. '삶보다 더 삶 같은' 소설도 있고, '나의 고통보다 더 절실하게 고통'을 느끼도록 하는 소설도 있습니다. '세계의 불완전함을 드러냄으로써 나를 위로하는' 느낌을 주는 소설도 있지요. 좋은 소설을 깊이 있게 읽을 수 있는 능력을 기르면 자신의 세계가 한층 넓고 깊어지는 듯한 경험을 할 것입니다. 그래서 소설도 누군가에게는 고통으로부터의 구원이 될 수 있습니다.

손원평의 『아몬드』가 펼쳐 보이는 세상

학교 교육 과정에서는 이성(理性)을 중시하는 교육을 하지요. 반면 자신의 감정에 집중하거나 마음의 변화를 바라보는 것에 대해서는 소홀한 경향이 있습니다. 갑작스러운 격동이 찾아올 때 혹은 마음이 차갑게 식어 버릴 때, 어떤 느낌이 드나요? 이성적으로는 해야 하는 것이 당연한 일인데, 감정적으로는 그 일을 죽어도 하기 싫을 때가 있지요. 그런 경험을 하면 내 마음이 나의 머리를 지배하는 것과 같은 느낌이 들기도 합니다.

독자들이 사랑하는 청소년 소설 중 하나가 손원평의 『아몬드』(다즐링, 2023)입니다. 이 장편소설은 16세 윤재의 처지를 통해 '자신의 감정'을 안다는 것이 어떤 의미인지를 생각하게 합니다. 우리 주변에서 만나는 사람들이 사실은 조금 다른 사람일 뿐 이상한 사람이 아니라는 사실도 잘 그려 냈지요. 모든 사람들은 각자 자신만의 상처를 품고 살고 있습니다.

소설 속 윤재는 뇌의 편도체(아몬드)가 작아 타인의 감정을 이해하는 데 곤란을 겪습니다. 감정표현불능증(알렉시티미아)을 앓고 있어요. 그래서 윤재는 웃지 않는 아이, 감정을 표현하지 않는 이상한 아이 취급을 받아요. 심지어 어떤 사람들은 윤재를 '괴물'로 보기도 하지요. 윤재의 불행은 선천적인 것에만 머물지 않습니다. 크리스마스이브, 윤재의 생일날 가족이 외식을 하던 중이었습니다. 칼부림하는 남자가 윤재 가족을 습격합니다. 할머니는 세상을 떠나고 어머니는 깊은 혼수상태에 빠집니다.

어릴 때 아버지가 돌아가셔서 윤재는 어머니와 할머니 없이 홀로서기를 해야 하는 처지입니다. 어머니와 할머니가 남겨 놓은 헌책방을 혼자 꾸리고, 가족의 보살핌 없는 생활을 해 나가야 하지요. 그런 윤재를 '심 박사'가 도와줍니다. 심 박사는 '심재영 과자점' 주인이지요. 그는 한때 대학병원 심장외과 의사였습니다. 병원 일로 너무 바빠 사랑하는 아내를 돌보지 못했던 과거를 갖고 있지요. 아내가 세상을 떠난 이후 자기 의지대로 삶을 살기 위해 '심재영 과자점'을 운영하게 되지요. 또 다른 윤재의 조력자도 있습니다. '도라'입니다. '도라'는 윤재에게 이성에 눈을 뜨게 합니다. '도라' 또한 아픔이 있지요. 육상을 하고 싶었지만 부모님의 반대로 체육고등학교 진학이 좌절되었지요. 그래도 운동을 계속하고, 윤재의 자립에 도움을 줍니다. 윤재는 '심 박사'와 '도라'의 도움으로 '사람의 감정에 공감'하는 방법에 대해서도 조금씩 배워나가게 됩니다.

윤재의 맞은편에는 '곤이'가 있습니다. 곤이는 윤재와 달리 예민하기에 폭력적인 존재이지요. 그는 네 살 때 부모에게서 떨어져 불우한 삶을 살았습니다. 불법체류자 부부의 손에서 '쩌양'이라는 이름으로 키워지기도 했고, 보육원에서는 '동구'라고 불리기도 했습니다. 스스로를 '곤이'라 이름짓고 세상을 반항적인 태도로 대합니다. 진짜 그의 이름은 윤이수였고, 나중에야 아버지의 품으로 돌아올 수 있었습니다. 하지만 아버지인 윤 교수와 갈등을 겪으며 상황은 더욱 나빠져요. 곤이가 윤재네 학교에 전학을 오면서 두 사람은 인연을 맺게 됩니다. 그 이전에 윤 교수가 윤재에게 병으로 죽어가는 윤이수(곤이) 엄마를 위해 잠시 아들 역할을 해달라고 부탁한 적이 있었습니다. 윤재는 그 부탁을 들어주었고요. 나중에 그 사실을 안 곤이는 윤재에게 반감을 표현하기도 합니다.

『아몬드』는 윤재와 곤이의 이야기라고 할 수 있습니다. 윤재는 곤이의 상처를 이해하려 하고, 곤이도 다른 존재로서 윤재를 점차 이해해 가며 자신의 감정을 누그러뜨립니다. 둘이 갈등하기도 하고 오해하기도 하다가 결국에는 서로를 위해 희생하면서 극적인 전환에 이르는 서사를 펼칩니다. '감정'은 인간이 생각하는 것보다 훨씬 더 강하게 인간을 지배합니다. 자신의 감정에 대해 윤재와 곤이를 통해 깊이 생각할 수 있는 기회를 준다는 점이 이 소설의 가장 큰 장점이지요.

소설에서 얻는 위로

『아몬드』는 '고통으로 점철된 세상에서도, 사람이 사람을 구원할 수 있다'는 강렬한 메시지를 전합니다. 그러면서 '인간이 인간일 수 있는 것은 서로에 대한 책임이 있기 때문이다'라는 이야기도 하지요. 윤재처럼 감정 표현에 곤란을 겪든, 곤이처럼 과잉된 감정 표현으로 인해 문제를 겪든, 존재는 그 자체로 가치가 있습니다. 자신을 사랑하지 않는 사람을 사랑해 주는 사람은 없다고 합니다. 그래서 서로에게서 사랑하는 방법을 배우고, 궁극적으로는 자신을 사랑하는 방법을 터득하게 되는 것이지요.

 소설 속 등장인물이 나보다 더 불행한 처지에 있다고 소설을 읽으며 위안을 얻는 것은 아닙니다. 소설 속 등장인물의 운명이 나의 운명과 같을 수도 있다는 생각을 가질 때 독자는 깊은 위로를 받는 듯한 경험을 하게 됩니다. 내가 참여하지 않는 사건이 나에게 어떤 영향을 줄 수 있겠어요. 소설 속 이야기는 나와 동떨어진 세계가 아니라 내가 어느 순간 마주칠지도 모를 세계에 관해 이야기해 줍니다. 윤재처럼 감정 표현에 곤란을 겪는다면, 곤이처럼 매사에 격하게 반응한다면, 나는 어떤 곤란한 상황에 빠질까를 상상해 보는 것이지요. 그리고 친구에게 관심을 갖는다는 것의 한계는 어디까지일까에 대해서도 고민하게 되고요.

『아몬드』에는 "자란다는 건, 변한다는 뜻인가요?"라는 문장이 나옵니다. 우리는 모두 변해 가는 존재입니다. 어떻게 변할 것인지에 관해 곰곰이 생각해 보면, 나뿐만 아니라 다른 사람에게도 관대해질 수 있겠지요. 관대해진다는 것은 자신의 삶을 사랑하는 것이기도 합니다. 『아몬드』는 윤재의 이야기를 통해 자신을 사랑하는 방법을 이야기하고 있습니다.

3
공감은 어떻게 세계를 확장하나요?

공감이란 무엇일까요?

아파서 꼼짝할 수 없을 때, 누군가의 돌봄을 받아 본 적이 있나요? 가족이어도 좋고, 사랑하는 누군가여도 좋습니다. 스스로 제 몸을 가눌 수 없을 때, 누군가 곁에서 머물러 주고 보살펴 준다는 것만으로도 고통을 이겨 낼 용기를 얻게 됩니다.

누군가를 깊이 사랑했을 때는 어떤가요? 만약 자신이 사랑하는 만큼, 상대방이 나를 생각해 주지 않는다면요. 그때는 깜깜한 밤의 어둠처럼 외로움을 느끼게 되지요. 내 마음을 헤아려 주지 않는 상대방에 대한 원망과 자신의 내면에서 일어나는 깊은 고통으로 몸부림치게 됩니다. 내가 아플 때 가족의 극진한 보살핌에 감동을 받았다면, 그 가족이 내 아픔에 깊이 공감하며 보살펴 주었기 때문입니다. 자신 또한 그 가족의 극진함에 감동한 것이고요. 내가 사랑하던 이로부터 외면을 당했다면, 그것은 공감받지 못한 사람의 고통을 경험한 것이지요.

공감은 내가 나 아닌 다른 대상에게 감정을 이입하고, 그 다른 대상이 나에게 요청하는 감정적·지각적 반응을 받아들이는 것을 말합니다. 조금 어렵지요. 공감은 쉽게 말해 다른 사람의 처지에 서서 세상을 바라보는 태도라고 하면 될 것 같네요. 그렇기에 공감을 하기 위해서는 다른 사람의 입장에서 생각해 보는 상상력이 중요하고요. 또, 다른 사람과 자신을 동일하게 생각할 수 있는 평등주의적 관점도 중요하답니다. 평등한 위치에 서 있지 않으면서, 다른 사람과 공감한다고 이야기하는 것은 속임수일 가능성이 크지요.

공감의 세계로 이끄는 소설

현대 사회는 각자의 개성을 강조하지요. 그렇다 보니, 자신에게 갇혀 타인을 고려하는 데 곤란을 겪기도 합니다. 소설은 문학적 상상력을 통해 인물이나 사건을 허구적으로 구성해 내기에 공감하기와 깊은 관련이 있습니다. 공감한다는 것은 비슷한 위치에서 정서적이고 이성적인 공통감각을 만들어 내는 것이고요. 적극적인 소설 읽기는 공감을 향한 실천 행위이기도 하지요.

박민규의 단편소설 「그렇습니까? 기린입니다」(2004)를 살펴볼까요?

이 작품의 화자는 가족의 경제를 책임져야 하는 삶의 최전선에 서 있는 승일입니다. 그는 신도림역에서 '푸쉬맨' 아르바이트를 합니다. '푸쉬맨'은 출근 시간에 사람들이 전동차에 탈 수 있도록 사람들을 안으로 밀어주는 일을 하는 사람을 말합니다. 승일은 고단한 삶의 무게를 짊어져야 하는 현실 속에서 고통스러운 성장과 깨침의 과정을 거치지요.

승일은 고단한 일에 벅차하면서도 '금성, 지구, 화성'을 넘나든다는 상상을 하며 자신을 위로합니다. 그는 "덥지도 않고, 멀고 먼" 곳에 있는 "화성인들은 좋겠다"라고 말하거나, "겨울에 혹한이" 닥치면 "금성인들은 좋겠다"라는 상상을 하기도 하지요. '금성, 지구, 화성'을 상상하며 "왜 고작 이 따위로 사는 걸까"라는 말로 우주적 상황과 자신의 미약함을 대비해 이야기하기도 해요. 소설의 발상이 재미있어요. 우주에서 지구, 그 커다란 낙차로 인해 비극성이 더 강화되는 것이지요. 소설은 지하철에서의 고단한 푸시맨의 삶이 세세하게 그리다가도, 여유롭게 우주적 낙차를 상상함으로써 삶을 되돌아보게 하지요. 모두가 고단한 삶에 갇혀 있을 때, 누군가는 그것을 낯설게 하여 '새로운 삶의 방식'을 상상하고 제안할 수도 있습니다. 박민규 작가가 '화성인, 금성인, 은하철도, 기린' 등을 등장시켜 하루하루 견디기 힘든 노동의 현실을 다르게 그려 내는 방식이 그것이지요. 결말 부분에서 등장하는 '기린'도 당혹스럽지요. 승일이가 하루의 노동에 지쳐 역사의 벤치에서 졸다가 깨어났을 때, 플랫폼을 걷고 있는 기린을 발견합니다. 환상적인 장면이지요. 그 기린은 갑자기 사라져 버린 아버지의 은유이고, 승일을 위로하는 환상적 존재이기도 하지요. 소설 속 기린의 등장은 예상하지 못한 상태에서 들은 농담처럼 당황스럽습니다. 소설의 비약이 승일에게도 독자에게도 '예기치 않은 공감'을 불러옵니다.

「그렇습니까? 기린입니다」는 한국이 국가 부도 위기를 맞아 IMF 구제금융을 요청했던 시기를 시대적 배경으로 하고 있어요. 소설에서는 '그해 여름', '세상의 불황', '가장들의 실종', '무디스의 신용등급 조정' 같은 표현이 등장해 은유적으로만 시대 상황을 보여 주고 있습니다. IMF 구제금융 시기에는 개인 파산자들이 속출했고, 정리해고당한 가장들이 부지기수였으며, 거리에는 노숙인들이 넘쳐 났지요. 한국 사회가 '경제 혹은 수(數)의 가치'에 짓눌리던 때이기도 했어요. 승일의 모습은 그 시대의 어려움을 보여 줄 뿐만 아니라, 주변에서 소년가장으로서 가족 경제를 책임져야 하는 학생들의 모습을 연상시킵니다. 승일의 눈으로 보는 세계는, 특별한 역사적 시기가 아니라 지금 시대에도 존재하는 '어느 친구가 바라본 세계'이기도 합니다. 독자로서 승일의 눈으로 바라본 세계가 어떤 모습일까를 상상할 수 있다면, 그것은 깊은 공감의 세계에 들어선 것과 같습니다.

시대와 공간, 국적을 뛰어넘는 공감

좋은 소설은 시대와 공간, 그리고 국적을 넘나들며 다른 사람의 처지에 공감하도록 하는 효과를 불러오기도 합니다. 그 사례를 최은영 작가의 「씬짜오, 씬짜오」(2016)를 통해 살펴볼 수 있어요.

「씬짜오, 씬짜오」는 화자인 '나'의 가족과 베트남에서 온 투이 가족 간에 벌어진 일을 이야기합니다. '나'의 가족은 1992년에서 1993년까지 베를린에서 살았고, 한국으로 돌아와 일여 년을 살다가 다시 아빠의 직장 때문에 독일의 '플라우엔'이라는 작은 도시로 가서 살게 됩니다. 그리고 이곳에서 아버지의 직장 동료 호 아저씨 가족과 알고 지내게 됩니다. 호 아저씨의 아들 투이와 '나'는 같은 반이기도 해서 서로 집으로 초대하는 사이가 되었고, 나중에는 매주 토요일에는 함께 저녁을 보내는 것이 자연스러운 일상이 될 정도로 친밀해집니다. 무엇보다 독일에서 유독 외로움을 많이 느끼던 엄마가 응웬 아줌마에게 큰 위안을 얻었지요.

　어느 날 두 가족이 멀어지는 사건이 발생합니다. 아주 사소한 대화에서 비롯된 일이었어요. '나'는 "존재감이 없는 아이들이 보통 그렇듯 어른들에게 인정받고자 하는 욕구가 컸"기에 어른들의 대화에 끼어들게 됩니다. 일본의 식민 통치에 관한 이야기가 나왔을 때, 열세 살의 '나'는 한국에서 배운 대로 "한국은 다른 나라를 침략한 적이 없어요"라고 말하지요. 어른들 대화에 자연스럽게 참여하고 싶었고, 어른들에게 칭찬을 받고 싶어서 한 이야기였지요. 이 말이 어른들 사이에서 큰 파문을 불러일으킬 줄 모르고요. 나중에 알게 된 이야기지만 호 아저씨와 응웬 아줌마는 베트남 전쟁의 피해자였습니다. 한국 군인들이 베트남인들을 학살했을 때, 응웬 아줌마의 가족도 죽음을 당한 것이지요. 그리고 '내' 아버지의 형도 또 다른 의미에서 베트남 전쟁의 피해자였다는 사실도 드러나지요. 아버지의 형은 베트남 전쟁에 참전했다가 스무 살의 나이에 세상을 떠났습니다. 마음

"전쟁에서는 승자가 없다. 패자만 있을 뿐이다."
- 제2차 세계 대전에 참전했던 군인의 말

속에 고통스럽게 묻어 두었던 각자의 상처가 드러나는 순간이지요. '나'의 가족이나 투이의 가족에게는 책임이 없는 문제인 듯 보이지만, 실제로는 한국인과 베트남인이기에 감당해야 할 책임 같은 것이 있었던 것이지요. 이 사건을 계기로 나와 투이도, 엄마와 응웬 아줌마도 사이가 멀어지고 맙니다. 최선을 다해 예전처럼 지내 보려 하지만, 금이 간 그릇처럼 다시 잇기에는 너무 큰 상처가 생겨난 것이지요.

관습적인 가치에 문제 제기하기

'낯설게 하기'를 함으로써 진실이 드러나도록 하는 기법이 있습니다. '시치미 떼기'라고도 하지요. 자신을 낮추거나 혹은 상대방을 그 실상보다 더 높여 표현함으로써 진실을 밝혀내거나 상대방의 약점을 드러나도록 하는 방법이지요. 이러한 기법은 이야기에 윤리적 힘을 더해 주는 효과를 주기도 하고, 특정한 사회의 닫힌 문화를 개방적인 문화로 이끄는 역할을 하기도 해요. 이렇게 이야기하면, 「씬짜오, 씬짜오」가 열세 살의 어린 화자로 '나'를 내세우고, 독일 플라우엔이라는 낯선 공간을 소설의 배경으로 삼은 이유를 짐작할 수 있지요.

베트남 전쟁에 한국군이 참전하여 많은 일이 벌어졌습니다. 1964년에 처음 한국군이 베트남에 파병되었고, 1973년 1월에 철수했지요. 그 기간에 31만 2,853명이 참전했고, 전사한 군인이 4,960명에 이릅니다. 부상자는 1만 962명이나 되고요. 한국의 입장에서는 외국에 군대를 파병하여 큰 피해를 본 것이지요. 하지만 알려지지 않은 사실, 숨겨진 사실도 있습니다. 한국군에 의해 벌어진 민간인 학살 사건이지요.

「씬짜오, 씬짜오」는 독일 플라우엔이라는 소도시에서 이주민으로 약자의 위치에 있을 수밖에 없는 한국인 가족과 베트남 가족의 만남을 그립니다. 두 가족의 만남과 헤어짐을 통해 역사적으로 예민한 문제가 보통의 사람들에게까지 어떤 영향을 발휘하고 있는지를 보여줍니다. 만약에 이 소설이 '나'의 가족 입장에서만, 혹은 투이의 가족 입장에서만 이야기가 전개되었다면, 일방적인 이야기가 되고 말았을 거예요. 하지만 열세 살 아이인 '나'의 시선으로 우리 가족의 이야기, 투이 가족의 이야기를 그려냄으로써 두 가족 사이의 '환대와 멀어짐'이 더 큰 여운을 갖고 그려지지요. 독자로서는 때로는 열세 살인 '나'의 시선으로, 때로는 서른세 살이 되어 다시 플라우엔에 방문한 '나'의 시선으로, 역사적으로 복잡하게 얽힌 사건들을 여러 관점에서 바라볼 수 있게 되지요. '낯설게 하기' 기법을 활용한 소설의 전개는 의외로 독자에게 적극적인 공감을 불러일으키는 효과를 발휘하기도 해요.

깊이 있는 공감은 깊이 있는 세상 읽기로 이어져요

소설적 상상력이 의미가 있다고 한다면, 그것은 기존의 관습적 가치에 문제를 제기하기 때문이지요. 1980년대까지만 해도 한국에서는 베트남 전쟁에 참전한 한국 군인들이 저지른 일을 이야기하는 것은 철저하게 금지되었습니다. 1990년대에 이르러 세계 곳곳에서 조금씩 한국인과 베트남인들의 만남이 이루어지고, 더불어 한국인도 베트남인의 처지가 어떠했는지 이해하게 되었습니다. 「씬짜오, 씬짜오」는 열세 살 '나'의 시선을 빌려 이야기함으로써 공감의 폭을 넓혔습니다. 서로 다른 삶의 방식과 문화가 만나 '환대와 우정'으로 이어지기 위해서는 머뭇거리며 탐색하는 과정을 거치는 것이 일반적입니다. 이는 '나'의 어머니와 응웬 아줌마의 조심스럽고 우호적인 사귐에서도 그대로 드러나지요. 이것이 환대와 우애의 보편적인 모습이고, 열세 살 '나'의 시선이 그것을 잘 포착하고 있지요.

앞에서도 이야기했듯이 공감은 '수평적, 평등적 관점에서 이뤄지는 상상력'을 통해 깊이 있게 이루어집니다. 「그렇습니까? 기린입니다」의 승일에게 감정이입을 하거나, 「씬짜오, 씬짜오」에서 나와 투이, 그리고 어머니와 응웬 아줌마의 관계를 살펴봐도 잘 드러나지요. 이러한 소설 읽기는 타인을 존중하는 윤리적 태도의 획득이자, 더 깊이 있는 세상 읽기의 방법이 되지요. 타인의 감정에 참여하는 좋은 훈련이 소설 읽기를 통해 이뤄질 수 있습니다.

착한 소설이 좋은 소설일까요?

안전한 아름다움, 위험한 아름다움

아름다움, 미(美)는 고정되어 있지 않습니다. 아름다움은 움직이는 것입니다. 운동성을 갖고 있지요. 그 운동이 산만하게 이어지는 것이 아니라, 형태를 지닐 때 아름다움의 규칙이 생깁니다. 미는 어떨 때 그 가치가 더욱 빛날까요? 시대가 변해도 바뀌지 않는 아름다움도 있고, 시대적 상황에 따라 평가가 달라지는 아름다움도 있습니다. 18세기 말 산업혁명 시기에는 거대한 기계가 작동하는 모습이 그대로 노출되면 아름답다고 했습니다. 하지만, 찰리 채플린의 「모던 타임즈」(1936)라는 영화에서는 기계의 작동이 우스꽝스러운 것으로 그려지지요. 거대한 기계의 움직임은 인간을 억압하는 괴물처럼 야유의 대상이 되고요.

소설을 통해 아름다움을 공부한다는 것은 어떤 의미일까요? 중고등학교 교육 과정에서 문학의 아름다움을 가르치기는 쉽지 않습니다. 문학 교과서는 '심미적 가치'와 '교육적 가치'를 동시에 중시합니다. 실제 현실에서는 어떨까요. '심미적 가치' 보다는 '교육적 가치'가 조금 더 우위에 놓이게 됩니다. 교과서에 실린 현대소설에서 민감한 범법 행위를 다루거나 애정 표현이 적극적으로 그려지거나, 현실을 비판적으로 그린 작품은 찾아보기 힘들지요. 문학 교과서에 실린 소설 작품은 한국 사회에서 '공공적 가치에 기반한 교육적 기준'을 통과한 작품이라고 할 수 있어요. 문학은 표현의 자유를 중시하는데, '교육적 기준'을 중시하면 '심미적 기준'에 맞는 작품은 상대적으로 덜 다뤄질 수 있습니다.

울타리를 뛰어넘은 소설 ①: 김동인, 「광염소나타」

심미적 기준을 고려하면, 조금 다른 측면에서 소설에 접근할 수 있습니다. 윤리적으로 건전해야 무조건 좋은 소설일까요? 혹은 윤리적으로 문제가 있는 소재를 다루더라도 좋은 소설로 평가받는 작품이 있을까요?

예술의 영역에서는 표현의 자유를 중요한 가치로 봅니다. 예술은 그 시대가 보편적으로 요구하는 윤리적 기준마저도 비판할 수 있는 급진성을 가지고 있습니다. 좋은 소설가는 시대가 요구하는 규범적 윤리에 부합하는 작품을 쓰기보다는, 급진적인 태도로 새로운 윤리를 창조하기 위해 도전하는 경우가 많습니다. 그렇기에 착한 소설이 좋은 소설이라고는 할 수 없습니다. 그렇다고 반대로 좋은 소설은 도덕적인 윤리를 거슬러야 한다는 주장도 성립되지 않습니다.

제 개인적인 경험을 예로 들어 볼까요?

한국 문학사에서 고전으로 꼽히는 김동인의 「광염 소나타」를 읽었을 때 큰 충격을 받았습니다. 이 소설은 '음악비평가 K'가 '사회 교화자 모 씨'에게 이야기하는 형식으로 전개되는 액자소설입니다. 액자소설은 이야기 속에 또 다른 이야기가 들어 있는 소설을 말합니다. '음악비평가 K'는 예술의 아름다움에 매혹된 사람이고, '사회 교화자 모 씨'는 윤리적 가치를 더 중시하는 인물입니다. 이 둘은 예술이 윤리와 어떻게 갈등하는가를 보여 주지요.

액자소설 속 또 다른 이야기는 백성수라는 인물에 관한 것입니다. 백성수는 유명한 '광염 소나타'의 작가이고, 현재는 '××정신병원에 감금'되어 있습니다. 백성수는 천재적인 음악가였던 아버지에게서 이어받은 천재적인 음악적 재능을 갖고 있었어요. 백성수는 '음악비평가 K'와 우연히 만나면서 그의 재능이 빛을 발하게 됩니다. 세상에서도 좋은 평가를 얻었지요. 하지만, 그의 뛰어난 창작 뒤편에는 '광기 어린 범죄 행위'들이 도사리고 있었지요. 백성수는 "방화, 사체 모욕, 시간, 살인, 온갖 죄를 다 범"하면서, 그때의 정신적 흥분 상태에서 창작을 했던 것이지요. 범죄를 통해 창작되고 발표된 곡이 '불후의 명곡'이라는 설정이 놀랍지요. 그런데 과연 예술이 방화나 살인 등과 같은 범죄 행위를 정당화할 수 있을 만큼 가치가 있는 것일까요? 결코 동의할 수 없는 주장이지요.

이런 질문을 던져 보면 어떨까요?「광염 소나타」에서 그린 방화, 살인은 실제로 일어난 사건인가요? 허구적으로 표현된 것이지요. 예술가의 과잉된 열정을 표현하기 위해 '방화와 살인'을 그려 낸 것 자체가 문제일까요? 문학에서 범죄가 그려지거나 혐오적인 표현이 사용되었다고 해서 무조건 문제라고는 할 수 없습니다. 작가가 어떤 예술적 의도를 갖고 형상화했는가가 문제인 것이지요.

「광염 소나타」에서 '음악평론가 K'는 "방화? 살인? 변변치 않은 집개, 변변치 않은 사람개는 그의 예술의 하나가 산출되는 데 희생하라면 결코 아깝지 않습니다"라고 말합니다. 여기서 더 나아가 "천 년에 한 번, 만 년에 한 번 날지 못 날지 모르는 큰 천재를, 몇 개의 변변치 않은 범죄를 구실로 이 세상에서 없이하여 버린다 하는 것은 더 큰 죄악이 아닐까요"라는 주장까지 펼칩니다. '음악평론가 K'는 훌륭한 예술이라면, 사소한 생명의 희생쯤은 감수해도 된다고 주장합니다. 예술적 표현이라는 측면에서는 도전적인 문제 제기입니다. 현실에서 '방화와 살인'이 벌어졌다면, 반인륜적이지요. 하지만 예술 작품 안에서 벌어지는 '방화와 살인'은 예술적 열정에 대한 강렬한 환기 효과를 발휘합니다. 예술가가 '방화와 살인'을 저지른다는 과감한 소설적 표현이 제게 충격을 안겨 주었지요. 김동인은 예술가적 열정을 갖고 있었기에 이러한 과감한 서사 전개를 할 수 있었습니다.

하지만, 여전히 아쉬움은 남습니다. 김동인의 문제 의식에는 '훌륭한 예술'은 어떤 예술인가에 대한 내용이 빠져 있어요. 철학적으로 빈곤하고, 어떤 가치를 지향하는지가 빠진 작품이 '훌륭한 예술'일 수 없습니다. '훌륭한 예술'이라면 생명 하나하나를 사소하게 취급하지 않겠지요. 더 나아가 '사소하게 취급되는 생명'을 더 존중하고 가치 있게 하기 위해 '방화와 살인'을 그려낸 작품이 진정한 예술일 것입니다. 김동인의 「광염 소나타」는 미적 강렬함은 있으나 철학적 빈곤도 있어 아쉽습니다.

울타리를 뛰어넘은 소설 ②: 이재웅, 「인간의 감각」

다른 작품의 예도 들어볼까요?

이재웅의 『불온한 응시』(실천문학사, 2013)에 수록된 단편 「인간의 감각」이라는 작품이 있습니다. 이 소설은 은둔형 외톨이의 피폐한 삶을 냉혹한 시선으로 그려 낸 문제작입니다. 이 단편소설은 2010년대뿐만 아니라, 지금도 존재하는 인간의 존재 양상을 잘 보여 주고 있습니다. 일부에서는 부정적이고 비판적으로 이 작품을 바라보기도 해요. 마치 좀비와 같은 존재를 소설 속에서 다루고 있으며, 무의미한 풍경과 이야기로 내용을 채우고 있다는 것이지요. 어떤 사람들은 「인간의 감각」이 윤리의식이 부족한 작품이라는 평가를 내놓기도 합니다.

2010년대의 삶의 모습을 포착한 이 작품이 왜 윤리적으로는 문제가 있는 작품으로 거론되는 것일까요? 또한 윤리적으로 문제가 있는 작품이라면, 문학적으로도 가치가 없는 것일까요?

「인간의 감각」의 주인공 진균은 피시방에서 포커 아니면 바둑을 두며 대부분의 시간을 보냅니다. 그의 어머니는 여든둘의 연세에 심장 판막 이상과 심장 협착증 등 당장 수술을 해야 하는 심각한 심장 질환 앓고 있습니다. 진균은 어머니와 함께 원룸에 살고 있습니다. 건물 자체도 상당히 낡았을 뿐만 아니라, 엘리베이터도 없는 5층 꼭대기에 있어서 임대료가 가장 싼 곳이지요. 진균은 어머니를 부양해야 한다는 책임감도, 삶에 대한 근성도 상실한 채 살아갑니다. 우유 배달, 혹은 편의점 아르바이트, 파지 줍는 일로 근근이 생계를 유지합니다. 그마저도 항상 오래 버티지 못하지요. 소설은 삶의 의욕을 잃은 무심한 아들과 심장이 위태로운 어머니의 아슬아슬한 동거를 사실적으로 그려 냅니다. 무엇보다 진균을 형상화하는 작가의 냉혹한 눈초리가 독자의 마음을 차갑게 만들지요.

순전히 윤리적 측면에서 이 소설의 등장인물을 평가하자면, 진균은 어머니가 극심한 심장의 고통을 호소하는데도 방치하는 패륜아입니다. 의사는 진균에게 적절한 치료를 위해 즉각적인 수술을 권했습니다. 진균은 어머니의 고통에 전혀 반응하지 않으며, 경제적 곤란을 이유로 치료도 하지 않고 방치합니다.

이 소설은 결말이 문제적입니다. 이 소설에서 가장 참혹하게 느껴지는 부분은 진균이 여느 날처럼 피시방에서 시간을 보내다가 돌아온 후를 그린 장면입니다. 작가는 아주 차가운 시선으로 진균의 행위 하나하나를 집요하게 서술합니다. 집에 돌아온 진균은 "태아처럼 웅크린 채로 작고 하얗게 주름진 손으로 이불을 꽉 부여잡고 잠들어" 있는 어머니를 발견합니다. 그 어머니에게 "밥 먹읍시다"라며 밥상을 차려달라고 하지요. 그가 배고픈 기색이면 어머니는 "반드시 밥상을 차려 그 앞에 내놓"았죠. 그런 어머니가 미동조차 하지 않는 것이지요. 진균은 "노모 가까이 가서는 노모의 코와 입 주변에 손바닥을 가져다" 대고는 "노모의 숨이 멎"은 것을 확인합니다. 그러고는 자리에서 일어나 TV 전원을 켜고 주방으로 가 밥상을 차리고는 "노모가 죽기 전 담가 놓은 열무김치와 배추김치, 그리고 지난 겨울 시민단체에서 보내온 장조림과 김"으로 밥을 먹습니다. 작가는 금방 세상을 떠난 어머니의 시신을 옆에 두고 밥을 차려 먹는 진균의 모습을 냉정한 태도로 그려 냅니다. 이렇듯 윤리적 시선으로 보았을 때 문제가 있는 작품도 소설 미학적으로는 의미가 있는 것일까요?

윤리적 판단과 미적 판단 사이에서

여기서 조금 더 깊이 생각을 해 봅시다. 소설이 그려 낸 세계는 허구의 세계이지, 실제의 세계가 아닙니다. 미적 차원의 공감은 윤리적 문제와는 또 다른 지점이 있습니다. 소설을 읽는 사람은 때로는 실제 현실에서 자신이 했을 법한 행위들과 구분해 소설 속의 상황을 바라보고 감정을 이입합니다. 이것이 '미적 판단'입니다. 미적으로 훌륭하게 구성된 세계에서는 너무 실용적인 목적을 내세우지 않고 세계를 판단하는 것도 의미가 있습니다. 소설의 세계는 실제의 현실이 아니니까요. 더 나아가 소설 속 등장인물의 행위를 작가가 어떻게 그리고 있는지도 숙고해 볼 필요가 있습니다. 작가는 소설 속 인물을 내세워 다양한 가치의 실현을 꾀할 수 있습니다. 그 과정에서 인물들의 세계관이 경합을 벌일 수도 있지요.

이재웅 작가가 그려 낸 '진균'의 모습은 그 시대 사람들에게서 보이는 일부의 모습을 극단적으로 그려 낸 것일 수도 있고, 내면 깊은 곳에 숨겨진 어두운 감각을 그려 낸 것일 수도 있습니다. '개성을 중시하는 미적 태도'가 그 사회 현실에 무감각한 태도를 지닌 인물로 표현된 것이라고 해석할 수도 있습니다. 무엇보다 소설가 이재웅이 진균의 옆에서 진균을 관찰하듯 소설의 서사를 전개하는 방식이 특이합니다. 잘 아는 사람의 이야기를 하는 듯하면서도, 적절하게 거리를 유지하며 진균의 행위 하나하나를 그려 냅니다. 작가는 진균이 자본주의 사회에서 돈이 없기에, 혹은 돈을 벌어야 하는 사회체제의 바깥에 위치하기에 '쓰레기가 되는 삶'을 살고 있음을 보여 줍니다. 그의 삶은 마치 "도로가의 누구도 주목하지 않는 한 그루의 나무나 돌덩이"와 다를 바 없습니다. 소설가 이재웅은 세계와 관계 맺기에 실패하고, 나중에는 세계와의 소통을 낯설어하는 진균과 같은 개성적인 존재를 그려 냈습니다. 진균은 버림받는 데 익숙해져, 결국은 세계를 버린 인간의 모습입니다. 이재웅 작가는 윤리 너머의 세계를 그림으로써 진균과 같은 독특한 개성을 창조해 냈습니다. 그렇기에 「인간의 감각」은 윤리적 측면에서가 아니라, 미적 측면에서 진균이라는 하나의 특별한 인간형을 창조해 낸 의미 있는 문학 작품이라고 평가할 수 있습니다.

미적 판단은 용기를 필요로 합니다. 작가가 허구적 세계를 통해 하나의 미적 세계를 구현해 내는 데에도 용기가 필요하고, 독자가 그 작품을 관

작가가 울타리를 뛰어넘어 미적 세계를 구현할 때도 용기가 필요하듯이
독자들이 그 작품을 관습에 얽매이지 않고
좋은 작품으로 판단하는 데에도 용기가 필요합니다.

습에 얽매이지 않고 좋은 작품으로 판단하는 데도 용기가 필요합니다. 관습적으로 옳다고 생각하는 것에 대해 스스로 주체성을 가지고 거리를 둘 수 있어야 하지요. 그러한 훈련이 소설 속 상황을 자신의 관점으로 판단하는 과정에서 이뤄질 수 있습니다. 윤리적 판단만을 앞세운 착한 소설은 그 용기가 결여되어 있을 가능성이 있습니다. 그렇기에 좋은 예술적 판단력을 갖춘 독자가 많은 사회가 윤리적으로 진정 건강한 사회라고 할 수 있습니다.

5
왜 소설을 읽고
공부해야 하나요?

소설 공부는 왜 해야 할까요?

한 고등학교 2학년 학생이 진지하게 물어 왔어요. 문학 공부, 소설 공부에 관한 질문이었지요. 그 학생은 "왜 소설을 읽고, 공부해야 하죠?"라고 질문했어요. 그 학생은 다음과 같이 말하며 자신이 가진 의문을 설명했습니다. "비문학 지문은 독해 능력을 훈련하고 이를 평가하기 위해 공부하는 것으로 이해할 수 있다. 화법과 작문 그리고 문법도 국어 활용 능력을 평가하는 데 필요하다고 납득할 수 있다. 하지만 소설은 몇백 년 전에 죽은 사람이 남긴 고전을 공부해야 하는 경우도 있고, 지금 시대의 소설도 실용적인 것 같지 않은데 꼭 읽어야 할 필요가 있는가?"라는 의문이 든다는 것이지요. 수학처럼 객관적인 답이 있는 것도 아니어서 더 답답하다는 것이지요. 소설은 작가가 아닌 선생님들이 마음대로 해석하고 의미 붙인 것을 시험문제로 내기에 객관적이지 않다는 것이지요. 문제를 풀어야 하는 입장에서는 주관적인 답을 골라야 하는 것이 될 수도 있으니 힘들다는 것입니다. 그 학생은 "소설가나 작가, 국어교사가 되려고 하는 것이 아닌데 왜 소설 공부를 해야 하는지 모르겠다"라며 하소연했지요.

왜 소설 공부를 해야 하는가에 대한 의문은 이해할 만합니다. 질문을 한 학생을 위로하고 토닥이고 싶어집니다. 더군다나 이과 학생이라면 더 공감할 만한 문제 제기라고 생각합니다. 오직 대학을 들어가기 위해 평가를 받아야 하는 차원에서 하는 공부라면, 소설 공부만큼 어려운 것이 없겠지요. 소설 공부는 왜 해야 하고, 도대체 공부해서 어디다 쓰려는 것일까요?

소설을 읽으면 꼬리에 꼬리를 무는 질문이 생겨나요

소설은 분량이 길기도 하고, 상상의 세계를 그려 내는 문학이기에 객관적이고 명료한 답을 도출해 내기가 어려워요. 시와 소설 공부는 다른 공부와는 확연한 차이가 나는 것이 사실입니다. 영어, 수학, 역사 공부를 예로 들어 볼까요? 영어는 외국어 능력 향상을 통해 말과 문자로 소통할 수 있는 능력을 키웁니다. 영어와 같은 외국어를 훌륭하게 습득하면 자신이 이해하고 생활할 수 있는 세계의 영역이 넓어집니다. 영어 공부를 통해 다른 문화와 환경 속에서 다른 언어로 소통하며 살아온 사람들과 깊이 있는 교류를 할 수 있지요. 수학은 어떤가요? 수학의 원리를 터득하면 우주와 자연, 그리고 기계가 작동하는 기본 원리를 이해할 수 있어요. 수의 세계는 객관화되어 있어서 인간의 주관적 관점을 벗어나 세계를 인식하는 데 도움을 줍니다. 역사도 과거에 일어난 사건을 공부하는 것입니다. 역사적 사료에 근거해 이미 일어났던 사건을 현재적 관점에서 해석함으로써 삶의 지혜를 얻을 수 있어요. 그러면 소설은 어떨까요? 소설은 객관적이기보다는 주관적이고, 사실이 아닌 허구의 세계를 그린 이야기입니다. 영어처럼 다른 세계와 만나게 해 주지도 않고, 수의 세계처럼 인간 이외의 자연의 질서를 설명하는 데 크게 유용하지도 않지요. 또한 역사처럼 과거를 통해 현재를 해석하는 데 도움을 주지도 않지요.

소설을 읽다 보면, 문제에 대한 답보다는 질문이 꼬리를 물고 이어지는 이상한 상황에 처하게 됩니다. 소설 속 이야기는 의외성이 강하고, 작가가 펼쳐 보이는 상상력은 쉽게 이해되지도 않습니다. 때로는 소설 속 등장인물들의 감정이 지나치게 세세하게 그려져 집중이 되지 않고, 사건들이 얽히고설켜 복잡하기도 하지요.

심윤경의 장편소설 『나의 아름다운 정원』(한겨레출판사, 2013)을 예로 들어 볼까요? 이 작품은 한동구라는 인물이 주인공입니다. 한동구는 서울 인왕산 산허리 부근 달동네에서 자랐지요. 소설의 시간적 배경은 1977년부터 1981년까지입니다. 그 역사적 시간을 배경으로 한동구가 여러 사건을 겪으며 성장하는 모습을 흥미롭게 그리고 있습니다. 한동구의 가족은 3대가 함께 살다 보니, 여러 사건이 많이 발생합니다. 완고한 할머니와 어머니 사이에 갈등이 끊이지 않고요. 한동구도 이로 인해 심한 정신적 곤란을 겪어 글을 못 읽는 '난독증'에 걸립니다. '난독증'은 정신적인 문제로 인해 듣고 말하는 데는 아무 이상이 없지만, 글을 읽고 쓰는 데는 곤란을 겪는 것을 말해요. 한동구는 집안의 4대 독자예요. 귀한 존재인데도, 글을 못 읽으니 집안의 골칫거리가 되지요. '집'은 편안한 곳이어야 하는데, 동구에게는 매 순간 긴장해야 하는 곳이 되고 말아요. 그런 동구에게 구원자와 같은 사람이 등장합니다. 3학년 담임인 박영은 선생님이지요. 박영은 선생님은 따뜻한 마음으로 동구를 품어 주고 보살펴줍니다. 이 소설은 동구가 바라본 세계와 어른들 세계의 차이, 그리고 가족 간의 갈등과 한국 현대사의 변화가 얽혀 있습니다. 3대가 화목하게 어울리는 편안한 가정의 모습은 등장하지 않습니다. 동구의 여동생 영주는 슬프게도 죽음을 맞이하기까지 합니다.

『나의 아름다운 정원』은 삶이 때로는 불행으로 가득 차 있을 수도 있다는 사실을 보여 줍니다. 할머니가 모질고 사납게 행동하는 나름의 이유가 있었고, 아버지와 어머니도 각자의 처지에서 열심히 노력하고 있었습니다. 소설을 읽다 보면 각 인물의 행위가 이해되기도 합니다. 동구도 자신의 입장에서 할머니와 아버지와 어머니, 그리고 동생 영주를 감싸려고 무진 애를 쓰지요. 동구의 이런 노력이 애처롭게 보이기도 합니다. 동구가 견뎌내는 고통이 대견하고, 그 고통 속에서 성장하는 모습이 따뜻하게 그려져 있습니다. 동구는 "사람의 감정이나 마음을 읽는 것"은 그 사람에 대한 관심과 애정을 가질 때 가능하다는 것을 알게 되는데요, 독자들도 이 대목을 읽으며 큰 깨달음을 얻게 되지요. 이 소설은 동구의 커가는 모습을

소설은 답을 제시하는 게 아니라 스스로 질문하게 해요.
정해진 답을 알려 주는 것보다 더 많은 가능성을 깨닫게 하죠.

보여 주지만, 동구처럼 살아야 한다고 해답을 제시하지는 않습니다. 세상은 나만 노력한다고 해서 내게 이롭게 바뀌지 않습니다. 그렇더라도, 세상과 갈등하면서도 자신의 길을 찾으려는 노력은 계속해야 하지요. 이 소설이 감동적인 이유는 동구의 시선으로 '집'의 세계, 한국 사회의 현실을 바라보면서도 따뜻한 마음을 잃지 않으려 노력하기 때문입니다. 소설을 읽다 보면 자신도 모르게 한동구를 응원하게 되지요. 그 응원하는 마음속에 바로 소설을 읽는 의미가 깃들어 있다고 볼 수 있어요. 우리는 답을 찾으려 노력하지만, 인생에 유일한 답만 있는 것은 아니라고 하잖아요. 더 많은 답의 가능성을 찾아 나가는 것이 삶이라고 하지요. 소설의 세계도 답을 제시하는 것이 아니라, 더 많은 답의 가능성을 제시할 뿐입니다.

소설 읽기는 세계를 이해하는 훈련이에요

그렇다면, 왜 소설을 공부해야 하는 것일까요?

현실적인 필요를 따져 보면 소설을 꼭 공부해야 할 이유는 없습니다. 소설 공부가 목적일 수는 없으니까요. 소설을 왜 공부해야 하느냐가 아니라, 소설 공부를 통해 무엇을 할 수 있는가를 생각해 볼 필요가 있습니다.

소설 공부는 하나의 작품이 담고 있는 세계에 대해 이해하는 훈련을 하는 것입니다. 소설은 작가가 상상력으로 창조해 낸 허구의 세계입니다. 이 세계에는 작가가 세상을 바라보는 태도, 인물들이 서로 관계를 맺는 방법, 어떻게 세상이 움직이는가에 관한 작가의 철학이 담겨 있습니다. 독자는 작품을 읽으면서 작가가 그려 낸 세계에 공감하기도 하고, 비판하기도 하지요. 때로는 새롭게 다른 세계를 상상하면서 읽기도 하지요. 그 세계는 아름다움의 세계이고, 즐거움의 세계이며, 또는 어두운 세계이기도 합니다. 윤리적으로 옳은 세계만 소설에 담겨 있지는 않습니다. 부도덕한 세계, 악의 세계, 추한 세계도 소설에서는 그려지지요. 부도덕을 통해 도덕에 관해 스스로 질문하게 하고, 악의 세계를 펼쳐 보임으로써 세상에는 왜 선과 악이 공존하는가에 대해 의문을 품게 합니다. 추한 세계는 오직 아름다움을 더 돋보이게 하기 위해서만 있는 것이 아닙니다. 세계 자체에 추함과 아름다움이 함께 있지요. 세계는 온통 모순으로 가득 차 있습니다.

학교에서는, 교과서에서는, 시험문제에서는, 이것을 온전히 가르치고 담아낼 수가 없습니다. 소설은 창조된 세계이고, '허구적 구성물'이기에 선악과 미추, 모순의 세계가 그대로 드러나는 경우가 많아요. 그래서 소설에는 답이 없고, 질문이 있는 것이지요. 소설은 모호함을 그리는 것이 아니에요. 세계의 모호함으로 인해 소설도 모호함을 담아낼 수밖에 없는 것이지요. 답이 없고 모호하다는 것은 소설의 약점이 아닙니다. 세계를 진실되게 그려 내려는 소설은 모호함이 오히려 강점이 됩니다.

소설을 공부하고 읽어야 하는 이유

소설을 왜 읽게 되는지는 다음과 같이 정리할 수 있습니다.

첫째, 소설은 재미있기 때문에 읽습니다. 만약 공부를 위해서 소설을 읽는 것이라면 재미가 없겠지요. 학교에서 소설을 공부해야 한다고 하면 부담스럽지만, 재미있는 소설을 읽고 소설 속에서 자신의 이야기를 찾아볼 수 있다면 훨씬 흥미롭겠지요. 소설 읽기도 단계가 있어요. 처음에는 재미를 좇아 읽다가, 다음에는 소설 속 사건에 주목하게 되고, 그 다음에는 소설에 등장하는 인물들에 주목하게 되지요. 그러다가 그 소설의 시간적, 공간적 배경에 관심을 가지게 되고요. 이윽고 그 소설이 미학적 측면에서 어떤 아름다움을 창조하고 있는가를 살피는 단계에까지 이르면, 최고로 높은 경지에 도달했다고 해요. 좋고 훌륭한 소설을 처음부터 재미있게 읽을 수는 없어요. 읽는 훈련이 쌓이면 단편소설에서 중편소설, 장편소설, 대하소설까지도 읽을 수 있는 수준에 이르게 됩니다.

둘째, 소설을 읽으면 '나'를 벗어나는 흥미로운 몰입과 타인에 대한 공감의 경험을 할 수 있습니다. 재미있으면 몰입하게 됩니다. 소설에 몰입하다 보면, 내가 처할 수 없는 상황에 스스로를 내던지게 되지요. 내가 경험해 보지 못한 세계도 알게 되고요. 소설에서 이런 경험을 할 수 있는 이유는 좋은 소설에 구현된 세계는 치밀하고 구체적이기 때문이에요. 작가는 소설 작품 속에서 하나의 세계를 창조합니다. 그 허구의 세계는 있을 법한 세계, 즉 개연성이 있는 세계입니다. 소설의 독자는 소설을 읽으면서 소설 속 그 사람의 삶을 사는 것 같은 경험을 하지요. 소설 속 인물처럼 쾌감, 불쾌감, 희열, 슬픔, 분노, 사랑의 감정을 경험하기도 합니다. 다른 사람의 감정을 깊이 공감하고 이해한다는 것은 나 자신에게 갇히지 않는 것이지요. 나의 세계가 확장되는 경험을 하는 것이고요. 공감과 몰입을 통한 세계의 확장은 경험 세계를 넓히는 데 도움을 주기에 소설 읽기를 권하는 것입니다.

셋째, 소설은 관습적으로 생각하지 않고 새로운 방식으로 생각할 수 있게 하는 상상력의 힘을 갖고 있습니다. 오로지 소설만 관습적 틀을 깨는 힘을 가진 것은 아닙니다. 소설을 포함한 예술이 기존의 질서에 반기를 드는 혁명적 힘을 갖고 있지요. 중고등학교 교육, 학습의 성과에 대한 평가, 입학을 위한 시험 등은 이미 존재하는 질서를 강화하는 역할을 합니다. 현재의 질서에 맞춰 교육과 평가가 이뤄지는 것이지요. 하지만 예술은 현재를 넘어서는 것을 상상합니다. 자기중심적인 생각을 벗어나게 하고, 기존의 사회적 질서에 의문을 제기하고, 안정된 것처럼 보이는 세계가 얼마나 불안정한가를 보여 줍니다. 그것이 가능한 이유는 상상력의 힘 때문이지요. 상상력은 현재를 벗어나려는 에너지입니다. 현재보다 나은 세계에 대한 희망이자 그 가능성에 대한 탐색이지요. 그래서 어떤 소설은 현실을 비극적으로, 디스토피아적으로 그려 냄으로써 오히려 희망이나 유토피아에 대한 열망을 구체화하려 하지요.

넷째, 그중에서도 특히 한국소설을 읽어야 하는 이유도 있어요. 우리는 한국어 언어공동체에 속해 있습니다. 같은 언어를 공유하는 이들은 생활,

책장을 펼치면 더 나은 상상의 세계도 함께 펼쳐집니다.

문화, 이데올로기적으로 공통성을 갖고 있습니다. 그 공통적 감각을 생생하게 이해함으로써 자기 공동체의 미래를 탐색할 수도 있습니다. 내가 사는 세계에 갇히기 위해서가 아니라 내가 사는 세계를 더 잘 이해함으로써 나를 자유롭게 하고, 내가 사는 세계를 해방시키기 위해 한국문학을 읽는 것이지요. 더 깊은 진실은 더 구체적인 세부 사항에 숨어 있습니다. 한국인인 우리의 구체적인 현실에서 시작해 우리의 문제를 우리의 정서적 언어로 함께 나누기 위해 한국소설을 읽습니다.

소설 읽기는 아무도 모르게 감행하는 탈출과 모험

소설은 가르치고 배우는 것이라는 관점에서 벗어나는 것부터 시작할 필요가 있습니다. 소설은 즐겁게 읽는 것입니다. 소설을 읽으면서 몰입과 공감을 경험하고, 기존의 관습적 태도에서 벗어나 지적·감성적 자극도 받게 됩니다. 흥미로운 이야기를 통해 세상에 대한 관심을 확장하고, 다른 사람이 그려 낸 세계에서 내가 몰랐던 세계도 발견합니다. 더 나아가 자신이 속한 언어 공동체 사회가 어떤 복잡한 문제를 안고 있는지에 대해서도 생각하게 되지요.

시험에는 정답이 있지만, 삶에는 정답이 없습니다. 정답 없는 세계에 대해 소설을 읽으며 공부하게 되는 것이지요. 어떤 소설은 문학의 형식을 빌려 삶의 고통을 표현합니다. 소설은 실제의 삶보다 더 실감 나게 삶의 고통을 그려서 독자를 놀라게 합니다. 소설 읽기는 집 안에서 이뤄지는 마음의 가출이며, 교실 안에서 이뤄지는 상상의 탈출이자, 아무도 눈치채지 못하게 감행하는 정신의 모험입니다. 소설은 공부의 대상이 아닙니다. 소설을 통해 삶을 공부하는 것이지요.

생각 더하기+

한강 작가의 노벨문학상 수상은 어떤 의미가 있나요?

2024년 10월 10일은 한국문학에 축복과도 같은 소식이 전해진 날입니다. 한강 작가가 노벨문학상을 수상하게 되었다는 보도가 갑작스럽게 나왔습니다. 당시에는 그 누구도 예상하지 못했던 소식이기에 '[속보] 소설가 한강, 한(韓) 첫 노벨 문학상 수상'은 충격적인 기쁨을 불러왔습니다.

노벨문학상은 1901년 프랑스 시인 쉴리 프뤼돔(Sully Prudhomme)이 첫 수상자가 된 이후 유럽문학계의 가장 권위 있는 문학상이 되었습니다. 아시아에서는 1913년 인도의 작가 라빈드라나트 타고르(Rabindranath Tagore)가 최초로 노벨문학상을 받았습니다. 이를 계기로 유럽뿐만 아니라, 전 세계적인 문학상의 권위를 획득하게 되었지요. 이웃 일본에서는 가와바타 야스나리와 오에 겐자부로가 노벨문학상을 받았고, 중국에서는 모옌이 노벨문학상을 수상했는데, 드디어 한국에서도 한강 작가가 노벨문학상을 수상하게 된 것이지요.

한국 작가의 노벨문학상 수상 소식은 여러 측면에서 의미가 있습니다.

우리 문학의 역사에서 노벨문학상 관련한 소식을 처음 전한 신문은 〈동아일보〉 1920년 8월 16일 자 보도였습니다. 1920년에 노르웨이 시인 크누트 함순(Knut Hamsun)이 수상자로 선정되었는데, 이를 보도한 것이 최초였지요. 그 후 매년 노벨문학상 수상자 선정 소식은 먼 나라 이야기처럼 선망의 대상이 되어 관습적으로 전해졌습니다. 이제 그 모든 이야기가 과거 속 기록이 되었네요. 한강 작가의 노벨문학상 수상은 한국 근대문학 110여 년에서도 일대 사건입니다.

그 첫 번째 의미는 한국문학이 전 세계 현대문학의 역사에서도 중요한 하나의 위치를 차지하게 된 것이지요.

한강 작가의 노벨문학상 수상 이전에도 황순원, 김동리, 박경리, 최인훈, 이호철 등의 문학이 해외에 번역 소개되면서, 노벨문학상 수상 가능성이 언급되곤 했습니다. 한국에는 잘 안 알려져 있지만, 북한에서도 월북작가인 이기영의 『두만강』을 노벨문학상 후보 작품으로 추천한 일이 있었습니다. 현재 생존해 있는 작가로는 고은, 황석영, 김혜순 등이 유력 수상 후보로 거론되기도 했지요. 이제 1970년생인 한강이 노벨문학상을 수상함으로써 한국문학은 더 젊은 작가들의 다음 노벨문학상 수상을 기대할 수 있게 되었습니다. 이제는 여러분들 중 누군가가 노벨문학상을 수상할 가능성이 있습니다.

두 번째로는 한강 작가의 노벨문학상 수상으로, 미래 세대 작가들의 문학적 자신감과 창작적 활력이 높아졌으리라는 기대입니다.

• 한강 작가의 노벨문학상 수상은 한국 근대문학 100여 년의 역사에서
'한국문학사의 가장 큰 사건 중 하나'로 기록될 것입니다. •

　한국 근대문학 100여 년의 역사에서 '한국문학사의 가장 큰 사건 중 하나'로 한강 작가의 노벨문학상 수상을 기록할 것입니다. 한강 문학세계는 '개성적 언어로 구축한, 세계를 향한 미학적 발언'이라는 문학의 본령에 가 닿아 있습니다. 한강의 노벨문학상 수상은 '한국문학에 활력'을 줄 것이고, '문학독서'가 활발해지는 계기를 만들 것입니다. 젊은 문학의 미래세대들은 새로운 문학적 실험을 할 것이고, 더 발랄한 상상력을 펼칠 것입니다.

　세 번째 의미는 바로 여러분처럼 새로운 세대들에게 보다 진지하게 '문학의 의미'를 생각할 수 있는 계기를, 한강의 노벨문학상 수상이 마련해 주었다는 데 있습니다.

　한강 작가의 문학세계는 '여린 생명에 대한 연민', '아름다운 언어로 슬픔을 그려 내는 힘'에 있습니다. 한강 문학은 대부분의 사람들이 평범하게 바라보는 일상과 역사를 새로운 방식으로 접근했습니다. 한강 작가는 문학에는 '다르게 생각하는 상상력'이 깃들어 있다는 것을 증명해 냈습니다. 한강 작가는 자신이 끊임없이 생각하는 문제 중 하나로 "인간은 무엇인가. 인간이 무엇이지 않기 위해 우리는 무엇을 해야 하는가"라는 질문을 되새긴다고 했습니다. 여러분들도 여러분만의 근원적인 질문을 찾아 문학을 통해 탐구하기를 기대해 봅니다.

{ CHAPTER 04 }

희곡, 수필, 평론에 대해 알아보아요

희곡, 수필, 평론은 문학을 더욱 풍성하게 하는 갈래입니다. 희곡은 연극과 관련이 있고, 수필은 내면의 글쓰기라고 할 수 있습니다. 그리고 평론은 지적인 글쓰기로서 좋은 문학의 탐색에 기여해 왔습니다.

희곡, 수필, 평론이 무엇이고 갈래의 특징은 무엇인지 살펴보도록 해요. 희곡의 형식적 특징은 해설, 지문, 대사입니다. 이러한 형식이 왜 중요한지도 함께 알아보아요. 반면 수필은 사색적 깊이를 담아내면서도 자유로운 형식을 중시합니다. 비평은 시, 소설, 희곡, 수필을 비평하는 미적 판단으로서 글쓰기가 특징이고요. 이들 다양한 갈래에 대한 이해를 통해 문학을 더 깊게, 넓게 알아보도록 해요.

1 희곡과 연극은 어떤 관계인가요?

첫 소극장의 추억

어린 시절을 함께 보낸 선배가 한 분 계십니다. 제 고향 원항리 선배인데, 제가 초등학교 3학년 때 광주로 이사 오면서 떨어져 지내게 되었지요. 그 선배도 나중에는 광주로 고등학교 진학을 했습니다. 선배는 평소 "국문과에 들어가고 싶다"고 말했는데, 원하던 학과에 입학했습니다. 당시 고등학생이던 저는 원하는 학과에 진학한 선배가 부러웠습니다. 그리고 선배가 하고 싶은 공부를 국문과에서 하게 되었으니, 글을 쓰면서 학생들을 가르치는 '작가 교사'가 되리라 기대했습니다.

하지만 선배는 대학 진학 후 다른 선택을 했습니다. 대학 연극동아리에 가입해 열심히 활동하기 시작한 겁니다. 광주에서 자취를 하며, 수업이 없을 때는 문구점에서 아르바이트했습니다. 낮에는 학업과 일을 병행했는데, 밤에도 연극과 관련한 일들로 무척 바빴지요. 연극동아리에서는 연기도 하고, 무대와 조명을 담당하는 스태프 역할도 했습니다. 연극을 하면서 선배의 표정은 풍부해졌고 몸짓도 분명한 의도를 담아 표현했습니다. 그 모습이 그렇게 멋져 보일 수가 없었습니다.

선배는 고등학생인 저를 데리고 연극을 보러 '광주 학생회관 공연장'에 가고는 했습니다. 대학 연극동아리에서는 배우이지만 공연을 볼 때는 관객이 된 셈이지요. 무대에 서던 연극배우가 위치를 바꿔 객석의 관객이 되면 새롭게 발견하는 것이 많습니다. 연출가의 연출 방식에 대해, 다른 배우의 연기에 대해, 그리고 무대나 조명, 음향에 대해서도 다른 관점에서 바라보게 되지요. 어떤 의도로 연출이, 연기가, 무대·조명·음향이 배치되어 있는가를 상상할 수 있게 되지요. 이것을 위치 바꿔보기라고 합니다. 익숙한 위치에서 벗어나 다른 위치에서 세계를 바라보는 것이지요. 그래서 다른 사람의 처지에서 생각을 하는 것은 중요합니다. 모든 상상력의 훈련은 다른 사람의 처지에서 생각해 보는 것에서 출발합니다. 연극을 보고 나면, 선배는 저에게 "연극은 전용 소극장에서 봐야 해"라고 말하곤 했습니다. 저는 그 말이 무슨 말인지 잘 몰랐지요. 공연은 대극장이나 예술회관 같은 대규모 공연장에서 하는 것이 더 멋진 것이라고 생각하고 있었으니까요.

고등학교 시절에 저는 선배의 연극 동아리 활동을 보면서 '아, 연극은 위대한 예술이구나. 분명 한 사람이었는데, 그 안에는 여러 사람이 있었구나. 연기는 삶을 다채롭고 풍부하게 하는구나'하는 생각을 갖게 되었습니다. 무엇인가에 몰두한다는 것은, 그리고 스스로 재미있어서 집중한다는 것은 즐거운 행복입니다. 선배는 연극에 몰두하고 집중하게 된 이유가 '재미'있어서라고 했습니다. 대학에 입학한 후 연극을 하며 어울리는 사람들이 좋고, 무대에 서면 역할에 몰두하게 된다고 했습니다. 누구나 어떤 일에 몰두하고 집중할 때는 그 계기가 무엇이 되었든 간에, 그 순간은 온전히 자신의 정신과 몸이 하나가 되는 느낌이 들게 되지요. 선배는 연극에서 '자유'를 느꼈던 것 같습니다. 자유는 억압으로부터 벗어나는 것이지요. 자유의 순간 해방감을 느낍니다. 선배는 연극을 하기 위해 대학에 다니는 것 같았고, 연극을 하기 위해 아르바이트를 하는 것 같았습니다. 열기를 띠고 흥분해서 하는 이야기도 대부분 연극에 관한 것이었습니다.

처음 선배를 따라 소극장에 들어갔을 때 받은 신선한 충격을 잊지 못합니다. 광주에 번듯한 소극장이 생겼습니다. 1989년, 광주 신안동에 '민들레 소극장'이 개관한 거지요. 극단 '토박이'가 주로 민들레 소극장에서 공연을 했습니다. 문구점 아르바이트가 끝난 선배와 서둘러 민들레소극장으로 함께 갔습니다. 연극이 시작하기 직전에 입장하는 바람에 극장 안은 이미 조명이 꺼져 깜깜했어요. 그 어둠이 제게는 신선한 설렘을 불러왔습니다. 소극장 밖이 일상생활의 공간이라면, 소극장 안은 연극 시작 전의 긴장이 지배하는 '비밀스러운 밀실' 같았습니다. '민들레 소극장'은 생각했던 것보다 좁았고, 무대와 객석이 너무나 가까웠습니다. 객석 의자는 등받이가 없었고, 관객들은 서로 밀착해 앉아야만 했지요. 드디어, 무대에 조명이 들어오고, 배우들의 연기가 바로 앞에서 시작되었습니다. 배우들의 몸짓과 표정을 가까운 거리에서 볼 수 있었기에 배우들의 숨소리까지 들렸습니다. 객석에 앉았는데도 배우처럼 연극에 참여하고 있다는 느낌이 들었습니다. 분장한 배우들의 발그레한 얼굴과, 연극이 진행되면서 점점 뜨거워지는 열기와, '민들레 소극장'이 만들어 내는 공동체적인 분위기에 강렬한 인상을 받았습니다. 연극이 끝난 후 저는 선배가 왜 "연극은 전용 소극장에서 봐야 해"라고 했는지 비로소 알게 되었습니다. 소극장에서 관객으로서 배우와 함께 하나의 공동가 되어 연극을 완성해 가는 '참여의 경험'을 했던 것입니다.

연극이란 무엇일까요?

선배 덕분에 고등학교 시절에 '다른 삶을 연기하는 것의 의미'에 대해 깊이 생각해 볼 기회를 갖게 되었습니다. 제게도 거침없는 '흥과 끼'가 있었다면, 그리고 개성 넘치는 자기만의 표현 연기에 재능이 있었다면, 연극의 세계로 접어들 수 있었으리라는 생각도 해 봅니다. 하지만 연극을 비평하거나, 무대의 스탭이나 연출의 역할이라면 모를까, 무대에 서서 연기를 하기에는 자신감이 부족했습니다. 그래도 관객으로 연극에 참여하는 것에는 무척 흥미를 느꼈습니다. 연극을 조금 더 이해하기 위해 공부도 하게 되었지요.

연극은 "배우가 자신이 맡은 역할을 관객에게 말·표정·몸짓으로 연기해 표현하는 무대 예술"입니다. 연극은 긴장감 있는 사건, 개성적인 인물의 성격 등으로 인한 갈등을 제시하면서도 극적인 사건의 전개를 이끌어 나가지요. 연극을 구성하는 3요소가 있습니다. 희곡, 배우, 관객이지요. 여기에 무대(극장)의 중요성을 강조해 넣으면, 연극의 4요소가 됩니다. 그러면 연극의 4요소는 희곡, 배우, 관객, 무대(극장)이겠지요.

희곡

배우가 연기를 하려면 대본이 필요하지요. 대본을 희곡이라고 합니다. 희곡은 연극의 일부이면서, 동시에 문학의 중요한 갈래입니다. 연극은 관객이 보고, 듣고, 참여하는 것이잖아요. 문학은 독자가 글로 읽지요. 독자는 문학 작품을 읽으면서 상상력의 확장을 경험합니다. 문학 작품으로서 희곡은 꼭 공연되지 않더라도, 읽는 것만으로도 역할이 완성될 수 있지요.

국문과에 진학한 선배도 처음에는 희곡에 흥미를 느끼다가 연극에 빠져들었어요. 선배는 문학의 한 갈래인 희곡이 연극 무대 위에서 생생한 공연으로 완성되는 과정에 흥미를 느꼈다고 했습니다. 희곡을 작품으로 읽어도 흥미롭지만 함께 무대 공연으로 만드는 데 참여하게 되면 훨씬 더 활력을 느끼게 되지요. 희곡은 연극을 위해 존재하는 문학 작품이라는 특별한 지위를 갖고 있습니다.

연극의 3요소는 희곡, 배우, 관객이고
희곡의 3요소는 해설, 대사, 지문입니다.

배우

배우가 연극을 지배합니다. 좋은 희곡이 무대에서 성공적으로 공연되기 위해서는 배우의 연기가 압도적으로 중요하지요. 그래서 모든 희곡에는 지시문에 '등장인물'과 행위 지시문이 등장하지요. 배우는 말과 표정, 몸짓으로 연기합니다. 다른 배우들과 함께 극을 이끌어 나가면서 고유의 연극적 분위기도 만들지요. 모노드라마의 경우 단 한 사람의 배우만이 무대에 서지만, 보통은 2인 이상의 배우가 무대에서 연기를 합니다. 등장인물, 즉 배우가 없는 연극은 존재하지 않겠지요. 연극배우는 무대라는 생생한 현장에서 실시간으로 관객에게 메시지를 전달합니다.

좋은 배우가 탄생할 수 있는, 혹독한 훈련과 경험의 장소가 바로 연극무대입니다. 그래서 유명한 연예인 중에는 연극배우 출신이 많습니다. 연극배우로 활동하다가 능력을 인정받아 영화배우나 드라마배우로 옮겨 가는 경우도 있습니다. 원로 연극배우 출신 연예인으로는 문정희, 박근형, 손숙, 윤석화 등을 꼽을 수 있습니다. 연극계에서 탄탄하게 훈련을 받은 연예인으로는 김윤석, 송강호, 설경구, 최민식, 황정민 등이 대표적입니다. 관객들은 연기를 잘하는 배우가 이끄는 극의 전개에 깊은 감동을 느낍니다. 저에게 연극의 세계를 알려 줬던 선배도 연극을 공부하면서 표정과 몸짓이 풍부해지고, 발음과 발성도 달라졌습니다. 연극배우는 희곡(대본)을 반복해서 읽고, 대사를 외우고, 인물을 자기 방식으로 이해해 무대에서 표현합니다. 열심히 훈련한 개성 있는 배우가 연극의 성공적인 흥행에 기여하지요. 어떤 배우가 어떤 배역을 맡느냐에 따라 같은 작품도 전혀 다른 느낌의 작품으로 관객에게 전달됩니다.

관객

연극은 현장 예술입니다. 배우의 연기와 더불어 관객의 호응도 중요합니다. 관객은 기대를 안고 연극을 보기 위해 극장에 찾아옵니다. 배우는 무대에서, 관객은 객석에서 연극에 함께 참여하지요. 관객이 연극을 보러 오는 이유도 다양합니다. 저처럼 연극을 공부하는 선배를 따라온 사람도 있고, 좋은 희곡이 어떻게 무대에서 상연되는지에 관심을 갖는 사람도 있고, 좋아하는 배우의 연기를 보러 오는 사람도 있지요. 배우, 연출가, 스태프 등 연극을 만드는 사람들도 대부분 처음에는 관객으로서 연극과 인연을 맺습니다.

예전에는 관객이 무대와 분리된 객석에 앉아 있기에 연극에서 관객은 수동적 참여자라고 했습니다. 지금의 연극은 관객을 능동적인 참여자로 봅니다. 현대의 실험극은 배우가 객석으로 뛰어들어 관객과 직접 대화를 하거나 관객을 무대로 불러내 연기에 참여하도록 하기도 합니다. 토론 연극이라는 실험극도 있는데 배우가 연기를 하다가 연극 진행 중에 해결해야 할 문제를 객석에 있는 관객에게 묻기도 하고 함께 토론하기도 합니다. 설득력 있는 의견을 관객이 제시하면, 배우가 희곡에는 없는 즉흥 연기로 연극을 이끌어 나가기도 합니다. 현대 연극은 관객이 참여하는 다양한 방법을 적극적으로 모색하여 적용하는 추세입니다.

무대(극장)

무대는 배우가 연기를 하는 공간입니다. 극장은 무대와 객석, 그리고 조명과 음향 같은 부대시설을 포함합니다. 연극에서는 이를 무대(극장)라고 합니다. 대규모 극장은 영화, 오페라, 뮤지컬, 음악과 무용 등의 공연이 모두 가능합니다. 소극장은 연극 전용인 경우가 많습니다.

영화나 드라마는 여러 공간을 카메라에 담을 수 있습니다. 장면 전환도 빠르지요. 그러나, 연극은 무대가 고정되어 있습니다. 하나의 배경만을 사용합니다. 무대 배경을 바꿔야 할 경우는 막을 내려 무대 설치를 바꾸고 다시 시작해야 합니다. 연극 무대는 공간의 변화를 최소화하면서도 극적 전개의 집중력을 유지합니다. 과거의 연극은 무대를 현실과 비슷하게 사실적으로 만들려고 노력했어요. 현대 연극은 무대를 간결하면서도 상징적으로 만듭니다. 연극이 관객에게 전달하려는 의미와 연결해 무대를 미술적으로 표현하려고 하지요. 무대에 의자 두 개만 설치한다든지, 나무 한 그루의 이미지만으로 무대 디자인을 하기도 합니다. 객석의 배치도 중요합니다. 어떤 연극은 마당극처럼 관객이 사방으로 무대를 둘러싼 공간 배치를 하기도 하지요. 배우와 관객이 가까운 관계에 있도록 하기 위해 마이크도 사용하지 않고 적은 인원만 관객으로 입장하도록 해 하나의 연극을 완성해 나가기도 하지요. 소극장은 좋은 강점을 가진 공간입니다. 저는 광주의 민들레 소극장에서 배우와 관객이 하나가 되는 경험을 했습니다. 그때 연극이라는 예술에 매료되었지요. 저는 연극을 소극장에서 약속된 희곡에 따라 배우와 관객이 동일한 시간과 공간을 경험함으로써 일체화되는 현장 예술이라고 봅니다.

삶을 극적으로 변화시키는 연극의 세계

연극과 희곡에 관해 이야기하다 보니, 저를 연극의 세계로 안내해 준 그 선배께 고마움을 느끼게 됩니다. 참, 그 선배가 이후 어떤 삶을 살았는지 궁금하지 않으세요? 나중에 연극인이 되었을까요? 사실 선배는 대학을 졸업한 후에 국어를 가르치는 선생님이 되었습니다. 그는 대학 시절 연극을 하면서 배운 것이 참 많다고 했습니다. 무대에서 어떤 움직임을 가져야 하는지를 배웠고, 흔들림 없이 정확하게 발성하는 법을 배웠고, 정확하게 발음하여 언어의 전달력을 높이는 방법을 배웠고, 풍부한 표정을 짓고 몸짓을 크게 하는 방법도 배웠다고 했습니다. 그리고 대학 시절에 연극을 하며 배웠던 모든 것이 학생들을 가르칠 때도 도움이 된다고 했습니다. 무대에 선 연극배우라고 생각하면, 때로는 희극배우처럼 학생들을 웃길 수 있는 여유도 갖게 된다고 합니다. 마음을 닫고 있는 학생들에게 다가가는 방법에도 도움이 되었고요. 학생들의 표정을 읽어 내는 능력, 학생들의 처지를 배려하며 대화하는 기술 등이 연극에서 배운 것이라고 했습니다.

선배는 배우 수업은 "다른 사람으로 살아 보는 경험이다"라고 했습니다. 어려운 처지에 있는 사람을 보면 그 사람의 입장에서 세상을 바라보려고 노력한다고도 했습니다. 그러면 '저런 모습이 보기 안 좋다'에서 '왜 저렇게 행동하고 있을까?'라고 질문을 하게 됩니다. '저 사람 참 안됐다'라고만 생각하는 게 아니라 '저 사람에게 다가가 어떻게 위로의 마음을 전할까?'라는 적극적 태도도 갖게 됩니다. 선배는 또한 "삶을 극적으로 변화시키는 연극의 세계"에 대해 말했습니다. 일상에서, 평범한 삶 속에서도 극적인 변화를 탐색하게 된다는 것이지요.

연극적인 것은 '삶을 극적으로 만드는 것'이라는 말은 큰 울림을 줍니다. 연극은 다른 사람의 삶에 관해 더 깊이 생각할 수 있게 하는 상상력을 품고 있습니다. 무대에서 관객들과 호흡한다는 것은 '다른 사람의 처지를 생각할 수 있는 것'이기에 연극과 희곡은 큰 예술적 힘을 갖고 있습니다.

2 희곡은 무엇이며 어떻게 읽어야 할까요?

첫 희곡 창작의 추억

앞서 중학교 2학년 때 종합예술제 공연을 위해 「나는 조센징입니다」라는 희곡을 썼던 사연을 이야기했습니다. 출발은 소박했지요. '우리 반에서도 종합예술제에서 무언가를 해야 하지 않을까?', '많은 친구들이 역할을 갖고 같이 할 수 있는 것이 무엇일까?', '종합예술제에 참여하면 연습 기간에는 수업에 빠져도 되니 좋지 않아?' 그래서 친구들과 함께 '너는 대본' '너는 배우' '너는 연출' 등의 역할을 나눠 준비를 시작했지요. 사실, 그때 '연극에서는 연출가의 역할이 중요하다'는 것을 처음 알았습니다. 저는 대본을 맡았는데 앞에서 이미 이야기했던 것처럼 작품을 제때 쓰지 못해 애를 먹었습니다.

「나는 조센징입니다」는 일본에 사는 재일 조선인을 다룬 이야기입니다.

일본 오사카에서 나고 자랐기에 자신을 일본인이라고 생각했던 주인공(토모아키)이 등장합니다. 토모아키는 중학생이 되자 자신이 일본인이 아니고 조선인이라는 사실을 알게 됩니다. 당연히 토모아키는 부모님을 원망합니다. 부모님과의 갈등은 줄거리에서 중요한 서사입니다. 토모아키는 '더러운 피'를 가진 존재로 태어나게 한 책임이 부모님께 있다고 생각했기에 정육점을 하는 가난한 아버지에게 반항하듯 대듭니다. 가출을 하려고도 하지요. 여자 친구도 그가 조선인이라는 사실을 알게 되자 멀어지고 일본 학생들로부터는 '따돌림에 이은 폭행'을 당하게 됩니다.

폭행으로 만신창이가 되어 자포자기의 심정이 되었을 때 한 친구가 도움의 손길을 내밉니다. 같은 반이지만, 평소에는 관심도 두지 않았던 축구선수 '하루오'였지요. 그 후 주인공은 학교 축구부가 조선인, 오키나와 출신, 대만인 등 이방인들로 구성되어 있다는 사실을 알게 되지요. 토모아키는 자신이 이방인으로 내몰리자 평소에 관심을 두지 않았던 이방인들의 존재에 대해 더 깊이 생각하게 되고, 주변에 같은 처지의 누군가가 있다는 사실에서 위로를 받습니다. 그리고 이방인들의 존재를 통해 평소 자신이 얼마나 이방인들을 함부로 대했는지를 생각하게 되지요. 외로움은 자신을 스스로 파괴하지만, 친구들과 연결되면 고립감에서 벗어날 수 있어요.

'하루오'와 같은 친구들과의 만남을 계기로 주인공도 축구부에 들어가게 되고, 아버지께 자신의 처지를 원망하던 감정도 점차 해소하지요. 주인공은 일본에서 재일조선인으로 살아야 합니다. 그래서 귀화하여 일본인이 될 것인가, 재일조선인으로 남을 것인가, 하는 선택을 해야 하는 처지가 됩니다. 주인공이 속한 조선인 중학교 축구부는 한국에까지 초청되어 친선경기를 합니다. 한국 방문에서 토모아키는 처음으로 한국의 처지에서 일본을 바라보는 색다른 경험을 하게 됩니다. 이제까지 일본의 입장에서 한국 역사를 바라보았다면, 한국의 입장에서 일본 제국주의의 침략을 바라보는 관점을 갖게 된 것이지요. 그간 생각해 보지 않았던 일본 제국의 조선 식민지 지배와 한반도 분단, 그리고 한국전쟁에 대한 일본의 역사적 책임에 대해서도 알게 되지요. 떡볶이 같은 한국 음식과 한국 음악에도 친밀감을 느끼게 되고요.

결말에서 주인공은 "나는 조센징입니다"라는 혐오 표현을 자기 긍정의 표현으로 바꿔 외치게 됩니다. 주인공의 변화에는 재일조선인 친구 '하루오'와의 만남, 차별 받는 다른 이방인들이 모여 있는 축구부에 들어간 것이 중요한 작용을 했습니다. 주인공은 한국의 관점에서 일본을 다시 바라보게 되고, 세계가 여러 국가와 민족으로 구성되어 있다는 점을 확인하면서 일본보다 더 넓은 세계와 만나게 됩니다. 사실, 이 작품은 재일조선인 이야기를 다루기보다 부모와의 갈등, 친구들과의 우정, 그리고 더 넓은 세계와의 만남 등에 대해 다시 생각해 보자는 메시지를 담은 것이었습니다.

작가의 희곡과 연출가의 대본

돌이켜 보니, 저의 첫 문학 창작은 희곡 「나는 조센징입니다」가 되겠네요. 희곡을 쓴다는 생각보다는 연극을 하기 위한 대본을 쓴다는 생각이 강했습니다. 그래서 등장인물들의 대사를 연결해 이야기를 만드는 식으로 글을 썼습니다. 글을 쓰는 사람은 자신이 쓴 글에 깊은 애정을 갖기 마련입니다. 힘들여 쓴 글일수록 애착이 더 깊어지지요. 저는 은근히 '너무 좋다, 애썼다'라는 친구들의 칭찬을 기대했어요. 친구들이 '수고했다, 재미있다'는 말을 해 주기는 했습니다. 그런데, 연출을 맡은 친구가 가혹하게 비판을 하는 거예요. 저는 주인공을 중심으로 이야기를 썼는데, 연출을 맡은 친구는 무대에 올라올 친구들 각자가 중요한 역할을 해야 한다고 주장하는 거였지요. 저는 주제 전달에 집중해 대본을 썼는데, 연출을 맡은 친구는 '재미있는 희극'이 되도록 바꿔야 한다고 주장하는 겁니다. 연출을 맡은 친구가 주장하는 대로 하면 '청소년의 방황물'에서 '학원 폭력 코미디물'로 작품이 바뀌는 것이었습니다. 그래서 다른 친구들 의견을 물었더니 모두 '밝은 분위기면 좋겠다'라며 연출을 맡은 친구의 의견에 동조했습니다. 저는 다수의 의견에 따라, 약간의 굴욕감을 참아내며 함께 대본을 수정했습니다. 희곡을 쓴 사람과 연출을 하는 사람의 견해 차이 같은 것이지요. 작가는 희곡을 하나의 완결성 있는 문학 작품으로 봅니다. 연출가는 연극의 요소 중 하나로 희곡을 봅니다. 중학교 시절에는 희곡이 무엇인지에 깊이 생각하지 못했습니다. 무대에 올라가는 배우들이 나누는 대화로 이야기를 풀어나간다는 생각뿐이었지요. 연출가는 무대로 연극이 올라갔을 때 관객들에게 어떻게 보일지를 생각하지요.

소설의 형식과 희곡의 형식

그렇다면 희곡을 재미있게 읽으려면, 어떻게 접근해야 할까요?

소설과 희곡을 비교해 볼까요? 비교는 서로 같은 공통점을 찾아내고 나서 다른 점을 밝혀내는 것이지요. 한현주 작가의 희곡 「7906 버스」가 있습니다. 이 작품을 소설 형식으로 바꾸면 어떻게 될까요? 같이 살펴보도록 해요.

한여름 밤 버스 안이다. 라디오에서는 자정을 알리는 방송 멘트 이후 〈월광 소나타〉 1악장의 선율이 7906번 버스를 가득 메우기 시작했다. 세영과 은호, 그리고 운전기사 자은이 버스 안에 있다.

세영은 방탄소년단 지민의 열혈 팬이다. 이어폰을 끼고 음악을 들으며 스스로를 위로한다. 세영의 꿈은 친구들과 돈을 모아 버스 정류장에 지민의 생일 축하 광고를 게재하는 것이다. 밝은 세영이지만 일상은 항상 피곤한 상태다. 학교 수업이 끝나면 혜원 병원에 갔다가 늦게야 집으로 돌아온다. 아빠와 엄마, 그리고 세영이 번갈아 가면서 입원해 있는 동생을 돌봐야 하기 때문이다. 세영은 엄마와 교대하고, 혜원 병원 후문에서 7906번 버스 막차를 타고 집으로 돌아온다.

은호는 자신에게만 집중하고 외부 세계에는 무심하다. 불안증세도 있어서 재난이나 사고에 예민하다. 환청을 듣기도 하고, 어떤 사고가 발생하면 집착적으로 인터넷 검색을 하려는 성향도 갖고 있다. 버스카드 학생증을 흘리고 다니거나, 이어폰도 버스에 놓고 내리곤 한다. 그때마다 세영이 주워 돌려주지만, 은호는 누가 찾아 돌려줬는지도 알지 못한다. 사실, 세영과 은호는 같은 중학교에 다녔고, 지금은 다른 고등학교 1학년생이다. 은호는 강남에 있는 학원에 다닌다. 다리를 건너는 버스를 타고 와서 7906번 막차를 타고 집으로 돌아온다.

7906번 버스 운전기사인 자은은 79년생으로 44세이다. 06년생인 딸 민주가 있었는데, 작년에 사고로 세상을 떠났다. 중학교 3학년이었던 딸 민주가 음주운전자의 차량에 사고를 당한 것이다. 자은은 딸 민주와 돼지갈빗집에도 함께 다니며 행복했었다. 하지만, 딸을 잃은 뒤로는 우울하고, 조급하고, 불안한 생활을 이어가고 있다. 장거리 7906번 버스를 운행하기 위해 기저귀를 차고 버스 운전대를 잡는 경우도 많다. 자은은 딸 또래인 세영과 은호에게 관심이 많다. 하지만 세영이 딸 민주와 아는 사이였다는 사실은 모르고 있다.

7906번 버스가 '근린공원 정류장'에 멈춰 선 순간이었다. 그때 공사장의 타워크레인이 버스를 덮친다. 이들의 미래에는 어떤 일이 벌어질까?

소설은 산문 문장으로 씁니다. 여기서는 세 명의 인물이 등장하지요. 운전기사 자은이 모는 7906번 장거리 막차 버스에 고교 1학년생인 세영과 은호가 타고 있습니다. '근린공원 정류장'에서 무언가 사건이 터질 듯하지요. 그렇다면 희곡이라면 위의 내용을 어떻게 써야 할까요? 희곡은 자유로운 산문으로 전개되는 소설과 달리 약속된 형식이 있습니다. 다음 희곡은 한현주의 희곡 「7906 버스」입니다.

등장인물 세영 고1, 여

은호 고1, 남

자은 44세, 여, 버스 기사

공간 중심 공간은 버스 안이다. 여러 방식의 의자 배치를 통해 버스 안을 형상화할 수 있다. 다만 이 작품에서는 세 명의 배우가 앉는 위치가 매우 중요하다. 자은은 왼쪽 맨 앞의 기사석에 앉는다. 자은 뒤로 다섯 번째 좌석에 세영이 앉는다. 그리고 반대편 줄 앞에서 두 번째 좌석에 은호가 앉는다. 그리하여 세 사람의 위치는 삼각 형태를 띤다.

(중략)

사흘 전 버스 안

소리 이번 정류장은 근린공원 입구입니다. 다음 정류장은……

은호 또 그렇고 그런 클래식 음악이 흘러나오고 있었다.

세영 저 아줌마는 맨날 클래식 채널만 틀어 놔. (하품을 하며) 집에 가서 컵라면을 하나 땡길까 말까 고민하는 중이었다. 큰 컵? 작은 컵?

자은 윽…… 소변이 마려웠다. 교대하면서 기저귀를 깜빡했다. 차고지까지는 견딜 수 있을 거다.

순간 긴 조명이 무대 뒷벽 천장에서부터 대각으로 버스 안을 날카롭게 가로지른다. 삼각 형태로 있던 세 사람 사이를. 은호 앞을 지나 자은의 뒤이자 세영의 앞으로. 소리 없는 세 사람의 비명. 모두 본능적으로 머리를 감싸고 수그린다.

세영 천둥? 아니 번개?

자은 (위를 살짝 올려다보며) 뭐지? 가로등이 쓰러진 건가?

은호, 벌떡 일어나 무대 중앙에 선다.
세영과 자은은 정지해 있다.

은호 저쪽 공사장에서 이 버스 위로 쓰러진 타워크레인. 버스 지붕은 종잇장처럼 구겨졌다. 창문도 박살이 났다. 너무 놀라서 유리 파편이 내 팔뚝에 꽂힌 줄도 몰랐다. 쾅! 나는 그날부터 수시로 귓가를 때리는 굉음을 들어야 했다.

— 한현주, 「7906 버스」, 『트랙터』(제철소, 2022)

    소설에서는 작가가 인물과 풍경을 묘사하며 사건을 전개합니다. 인물들 간의 갈등이나 내면의 갈등, 특정 상황에서 인물의 선택을 자유로운 산문으로 그리지요. 희곡은 형식이 정해져 있습니다. 무대 위에서 상연되는 대본의 역할을 해야 하기에 약속된 형식이 있지요. 희곡은 형식적 측면에서 해설, 지문, 대사라는 3요소로 구성되어 있습니다.

해설

먼저 해설에 관해 살펴볼까요? 희곡의 첫머리에는 등장인물(나오는 사람들)을 소개하고, 시간(때)과 장소(곳), 그리고 공간(무대) 설명이 나옵니다. 이처럼 막이 오르기 전에 등장인물, 시공간적 배경, 무대 설명 등을 해 놓은 것을 '해설'이라고 부릅니다. 앞의 희곡 「7906 버스」에서는 등장인물과 공간 설명이 되어 있는 부분이 '해설'입니다. 희곡의 해설은 인물의 성별과 나이, 직업 등 그 인물을 설명하기 위한 정보를 제공합니다. 희곡의 독자가 배우의 역할을 이해하기 위한 사전 정보이지요. 위의 희곡에서는 '세영'이라는 인물의 경우 '고1, 여'와 같은 정보를 주고 있지요. 이야기가 펼쳐지는 시간과 장소도 표시해서 작품의 공간적 배경과 시간적 배경도 설정하지요. 「7906 버스」의 경우 현재를 배경으로 하고, 공간은 버스 안입니다. 중요한 것이 무대입니다. 해설의 무대 설명에 따라 연출가는 무대의 공간을 어떻게 배치할 것인가를 결정합니다. 「7906 버스」는 버스의 좌석 배치와 각각의 배우들이 앉는 위치가 중요하지요. 이렇게 세세하게 위치를 설정한 이유는 나중에 타워크레인이 자은과 세영과 은호 사이에서 넘어져야 하기 때문입니다. 이 작품에서 발생하는 중요한 사건이 공간 배치와 연결되어 있습니다.

지문

 다음으로 '지문'에 대해 알아볼까요? 지문은 동작 지시문과 무대 지시문으로 나뉩니다. 동작 지시문은 등장인물의 행동, 표정, 몸짓, 말투, 심리 등을 알려줍니다. 무대 지시문은 조명, 효과음, 분위기 등을 알려 주지요. 「7906 버스」에서는 "(하품을 하며)" "(위를 살짝 올려다보며)"가 동작 지시문이지요. 무대 지시문은 "순간 긴 조명이 무대 뒷벽 천장에서부터 대각으로 버스 안을 날카롭게 가로지른다"라고 쓴 부분입니다. 이 지시문에 따라 조명이 움직여 무대에서 사건을 만들어 내지요.

대사

 마지막으로 '대사'입니다. 희곡의 대부분은 대사로 채워져 있습니다. 대사는 다시 대화, 독백, 방백으로 나뉩니다.
 먼저, 대화는 등장인물들이 서로 이야기를 주고받는 것이지요. 대화를 통해 등장인물의 성격이 표현되고, 갈등이 만들어지고, 사건이 전개됩니다. 대화는 인물간에 이뤄지고, 주요한 갈등이 표현되기도 합니다. 대부분의 희곡은 대화가 사건을 전개하는 핵심적인 역할을 하지요.
 다음으로, 독백은 등장인물 혼자 하는 말입니다. 「7906 버스」에서는 세영이 놀라며 혼잣말로 "천둥? 아니 번개?"라고 하고, 자은이 "뭐지? 가로

등이 쓰러진 건가?"라고 혼자 하는 말이 독백입니다. 혼잣말이기에 꼭 응답을 바라고 하는 말이 아니지요.

그리고, 방백이 있습니다. 희곡에는 방백이라는 특이한 장치가 있어요. 방백은 '등장인물이 하는 말로 관객은 듣지만, 다른 등장인물에게는 들리지 않는다고 약속한 말'입니다. 위의 희곡 「7906 버스」 인용 부분에서 은호가 무대 중앙에서 이야기하는 장면이 나오지요. 세영과 자은은 정지해 있는 상태이고요. 그때 은호가 "저쪽 공사장에서 이 버스 위로 쓰러진 타워 크레인. 버스 지붕은 종잇장처럼 구겨졌다"라고 관객들에게 알려 주듯이 이야기합니다. 그때 관객들은 은호의 말을 듣지만, 세영과 자은은 정지 상태로 그 말을 못 듣는 것으로 설정이 되어 있지요. 연극에서 방백이 가끔 쓰이는데, 방백의 약속을 모르는 관객은 의아해할 수도 있어요. 방백은 관객을 향한 말로, 등장인물의 내면의 소리를 표현하거나 특정한 상황을 설명해야 할 필요가 있을 때 사용하는 방법입니다. 만약 은호의 방백이 없다면, 희곡 작가가 직접 상황을 설명해야 하잖아요. 그것을 은호의 방백으로 처리한 것입니다.

희곡을 재미있게 읽는 방법

희곡의 3요소인 해설, 지문, 대사를 이해하고 희곡 「7906 버스」를 읽으면 이 작품에 흥미롭게 빠져들 수 있습니다. 「7906 버스」는 부모 세대인

버스 기사 자은, 그리고 같은 중학교를 나왔지만 모르는 사이처럼 지냈던 세영과 은호가 같은 버스 안에서 사고를 당합니다. 그들은 이 사고로 서로를 알아 가고 소통하기 시작합니다. 등장인물 세 사람의 서로에 대한 감정이 조금씩 변해 가는 과정이 잘 표현되어 있습니다. 결론 부분에서 버스를 고친 이후, 세 사람이 자정이 넘은 시간에 버스를 타고 운행 경로를 벗어나 동네 한 바퀴를 돈다는 설정이 흥미롭습니다. 각자 상처를 안고 있는 등장인물들이 서로를 위로하며, 해방감을 만끽하는 장면이 잔잔한 감동을 불러옵니다.

희곡을 재미있게 읽는 방법은 세 가지입니다.

첫째, 소설처럼 이야기를 따라 읽어 보세요. 혼자 상상하면서 희곡을 읽으면 풍부한 해석을 할 수 있습니다. 「7906 버스」를 읽으면서 버스 기사 자은과 고교생 세영, 은호가 어떤 환경에서 살아왔고 무슨 고민을 하고 있는지를 알게 되지요. 그리고 셋이 버스 안에서 겪은 사고가, 각자가 간직하고 있던 상처에 대한 기억을 되살립니다. 혼자 마음에만 담고 있던 이야기를 공개하면서 서로는 위로하고 위로받게 됩니다. 이 희곡은 '위로'라는 주제를 다루고 있지만, '상처'를 대하는 각자의 방식이 다르다는 사실을 이해해야 '위로'도 가능하다는 이야기를 하고 있습니다.

두 번째는 친구들과 함께 등장인물의 역할을 맡아 읽어 보는 것이지요. 함께 읽으면 독서의 경험이 더욱 풍부해집니다. 소리 내서 읽는 것이 쑥스러울 수 있지만, 각각의 인물에 감정 이입을 하며 소리 내서 각자의 대사를 읽어 보세요. 연극배우들도 연습할 때 '대본 읽기' 작업을 함께 합니다. 대본을 읽으면서 목소리 연기도 연습하고, 등장인물의 성격이나 특징에 관해 토론하기도 하지요. 「7906 버스」의 등장인물인 자은, 세영, 은호의 역할을 나눠 맡은 후 인물의 대사를 연기하듯 소리 내서 읽어 봅니다. 자신이 맡은 인물의 처지도 마음속으로 상상해 봅니다. 그러면 희곡을 훨씬 생동감 있게 읽을 수 있습니다.

세 번째는 희곡을 무대에 올리는 연출가의 입장이 되어 적극적으로 해석하며 읽는 방법이 있습니다. 전체 총괄 기획자인 연출가가 되어 희곡을 실제 무대에 올려 공연을 한다고 상상해 보세요. 연출가는 희곡을 재창조합니다. 그래서 연극으로 상연하는 과정에서 새로운 창조 작업이 이뤄집니다. 배우는 누가 하면 좋을지, 무대 디자인은 어떻게 할지, 조명은 어떻게 하면 좋을지, 어떤 갈등의 장면을 더 극적으로 표현할지 등을 상상합니다. 「7906 버스」의 마지막 장면에서는 등장인물들이 운행이 끝난 버스를 타고 함께 동네를 한 바퀴 돌며 서로를 위로하고 해방감을 느끼지요. 연출가는 이 장면을 무대에서 어떻게 표현하면 좋을지 고민하게 됩니다. 실제 무대는 고정되어 있으니 무대의 배경에 영상을 비춰 움직이는 모습을 표현할 수도, 경쾌한 음악과 버스의 엔진 소리로 표현할 수도, 연기자들의 동작과 대화로도 표현할 수 있습니다. 운전기사 자은의 옆으로 모여 음악에 맞춰 춤을 추는 것도 하나의 연출 방법이겠지요.

희곡작가 이근삼은
"연극이라는 것은 인간 사회의 관계만을 그리는 게 아니라
무대에 우주를 담는 것이다"라고 했습니다.

희곡, 무대에서 완성되는 문학

앞에서 희곡은 '무대 위 공연을 전제로 쓰인 작품'이고, 희곡의 형식적 3요소 해설, 지문, 대사라고 했습니다. 이런 희곡의 특징에 익숙해지면 문학 작품으로 희곡을 읽는 것이 훨씬 수월해집니다. 희곡 작품은 등장인물에 대한 상상력, 무대라는 공간에 대한 상상력, 배우와 관객이 어떻게 상호작용을 할 것인가에 대한 상상력을 자극합니다. 희곡의 묘미는 연극의 묘미와도 닿아 있습니다.

희곡작가 이근삼은 한 인터뷰에서 "연극이라는 게 인간 사회의 관계만을 그리는 게 아니라 무대에 우주를 담는 것"이라고 했습니다. 우주를 무대에 담으려면 얼마나 많은 압축과 긴장이 필요할까요? 연극의 몰입감은 바로 단막극은 1시간여 동안, 장막극은 2시간여 동안 관객을 잡아끄는 극적 긴장을 유지하는 데에 있습니다. 희곡도 마찬가지로 읽는 내내 극적인 긴장감을 유지해야 하지요. 그래서 희곡은 인물 간의 갈등과 사건 전개에 속도감이 넘치는 장르입니다. '극적이다'라는 말은 바로 희곡과 연극에서 나온 말입니다. 극적 긴장감이야말로 희곡의 재미이지요.

수필이란 무엇인가요?

「지란지교를 꿈꾸며」로 살펴보는 수필의 세계

"나의 일생에 한두 사람과 끊어지지 않는 아름답고 향기로운 인연으로 죽기까지 지속되길 바란다."

문학을 좋아하는 친구들끼리 이 문장을 베껴 쓰고는 함께 소리 내서 읽은 적이 있습니다. 서로 눈빛을 교환하며 '멋지지 않니?'라고 감탄하기도 했습니다.

같은 글에 이런 표현도 있습니다.

"인품이 맑은 강물처럼 조용하고 은근하며 깊고 신선하며 예술과 인생을 소중히 여길 만큼 성숙한 사람이면 된다."

'나도 성숙한 사람이 되고 싶다'라는 친구도 있었고, '내가 맑은 강물 같은 사람이 되기는 어렵겠지만, 맑은 강물 같은 친구와 사귀고는 싶다'라고 말하는 친구도 있었지요.

중학교 3학년 졸업을 앞둔 때였습니다. 친구들 사이에서 '한 편의 글'이 갑자기 퍼져 나갔습니다. 그 글을 고운 편지지에 베껴 써서 친구에게 주는 것이 유행처럼 번졌지요. 고등학교로 진학하면 이제는 못 만날 친구에게 '우정의 약속'으로 '베껴 쓴 글'을 선물했지요. 저도 평소에 진짜 친하다고 생각했던 친구에게 받기도 했고, 아주 친한 친구에게 베껴 써 주기도 했습니다. 어떤 친구는 코팅해서 간직하겠다고 약속하기도 했지요.

그 글의 첫 문장은 "저녁을 먹고 나면 허물없이 찾아가 차 한 잔을 마시고 싶다고 말할 수 있는 친구가 있었으면 좋겠다"로 시작합니다. 그 글에 담긴 우정은 "악의 없이 남의 얘기를 주고받고 나서도 말이 날까 걱정되지 않는 친구", 그리고 "약간의 변덕과 신경질을 부려도 그것이 애교로 통할 수 있는" 친구와 사귀는 것이었습니다. 좋은 친구에 대한 애절한 갈망이자, 좋은 우정에 대한 절실한 찬사였습니다.

모두 유안진 시인의 「지란지교(芝蘭之交)를 꿈꾸며」라는 수필에 담긴 문장들입니다. 그때 베껴 썼던 문장 중에는 "우리는 푼돈을 벌기 위해 하기 싫은 일을 하지 않을 것이며, 천년을 늙어도 항상 가락을 지니는 오동나무처럼, 일생을 춥게 살아도 향기를 팔지 않는 매화처럼 자유로운 제 모습을 잃지 않고 살고자 애쓰며 격려하리라"하는 구절도 있습니다. 이 문장을 읽으며 '품위 있는 삶이란 이런 것이겠구나'하며 감탄했지요. 친구의 품격을 알아주고, 친구도 내가 애쓰며 지키려 하는 삶의 품위를 알아주는, 그런 삶을 목표로 하여 살 수도 있겠다는 생각을 했습니다. 그러면서 이 글의 마지막 문장인 "세월이 흐르거든 묻힌 자리에서 더 고운 품종의 지란(芝蘭)이 돋아 피어, 맑고 높은 향기로 다시 만나지리라"에서 나도 모르게 눈시울이 뜨거워지는 듯도 했습니다. 사랑의 열정도 소중하지만, 우정의 나눔은 더 오래 지속되리라는 믿음 같은 것도 생겨났지요.

「지란지교를 꿈꾸며」가 계기가 되어 지음(知音), 관포지교(管鮑之交), 수어지교(水魚之交), 금란지교(金蘭之交), 문경지교(刎頸之交) 등에 대해서도 친구들과 이야기를 나누곤 했어요. 그중 제 마음을 울린 이야기는 백아(伯牙)와 종자기(鍾子期)의 고사였습니다. 중국 춘추시대 백아는 거문고의 명인이었습니다. 백아가 '큰 산'을 떠올리며 거문고를 켭니다. 그러면 종자기가 '큰 산을 오르는 호연지기를 표현했군'이라며 음악에 담긴 뜻을 바로 알아차립니다. 백아가 '큰 강물'을 떠올리며 거문고를 켭니다. 그러면 종자기는 또 '도도하게 흐르는 강물의 일렁임이 눈에 보이는 듯하군'이라며 바로 알아차리는 것이지요. 종자기는 거문고 음율에 담긴 백아의 마음과 기분을 그대로 알아보고 거문고 음률을 해석해 냈습니다. 종자기가 백아의 '음악을 알아듣는다'고 하여 지음(知音)이란 고사성어가 생겨난 것이지요. 둘의 우정은 아름다운 음악처럼 기품이 있었습니다. 그런데 불행히도 종자기가 병에 걸려 먼저 세상을 떠나고 말았습니다. 백아는 '세상에 나의 소리를 알아주는 사람이 없다'라고 한탄하며 백아의 죽음을 애도했다고 합니다. 그러고는 거문고 줄을 끊었고, 더 이상 연주를 하지 않았다고 합니다. 여기에서 백아절현(伯牙絕絃)이라는 고사성어가 나왔습니다. 백아절현은 "자신을 알아주는 참다운 벗의 죽음을 슬퍼한다"라는 의미입니다. 백아와 종자기의 관계는 뛰어난 예술가와 그 작품의 가치를 알아주는 사람, 또는 좋은 작가와 좋은 평론가의 우정 나눔처럼도 보입니다. 우정은 다른 사람은 몰라도, 그 사람만은 내 마음을 알아주고 공감해 주는 '지음'과 같은 각별한 관계겠지요. '백아절현'과 같은 애절한 마음이기도 하고요.

'우정'에 관한 많은 사연들을 「지란지교를 꿈꾸며」가 만들어 냈습니다. 안효영이 곡을 붙여 가곡으로도 만들어졌고, 국어 교과서에 실리기도 했습니다. 2010년도에는 「지란지교를 꿈꾸며」의 한 구절인 "맑은 강물처럼 조용하고 은근하며"가 대학수학능력시험 수험생 필적 확인 문구로 나오기도 했지요. 「지란지교를 꿈꾸며」와 같은 글을 '수필'이라고 합니다.

수필은 어떤 문학일까요?

수필은 '경험이나 사색'을 담아낸 자유로운 글입니다. 수필에는 '개성적 관점과 깊이 있는 사상성'이 표현되어 있지요. 그래서 수필은 '일상 생활에서 얻은 깊은 깨달음을 자유로운 형식의 글로 표현한 산문 문학'입니다. 수필은 교술 갈래를 대표하는 글로 에세이(essay), 만필(漫筆), 상화(想華), 수감(隨感), 수상(隨想)이라고도 합니다. 「지란지교를 꿈꾸며」를 보면 저녁 먹고 난 후, 혹은 비 오는 날이나 눈 오는 날 스스럼없이 찾아갈 수 있는 친구에 관해 이야기해요. 글쓴이가 자신의 일상에서 느끼는 벗을 향한 애틋한 감정을 표현한 것이지요. 보통 사람의 관점에서 "우리는 명성과 권

세, 재력을 중시하지도 부러워하지도 경멸하지도 않을 것이며, 그보다는 자기답게 사는 데 더 매력을 느끼려 애쓸 것이다"라는 삶의 자세를 내비치지요. 이러한 평범한 문장 속에도 삶의 태도에 대한 깊은 사색의 결과가 담겨져 있습니다. 문학적 표현으로는 "얼음 풀리는 냇물이나 가을 갈대숲 기러기 울음"이라든지, "가지는 멋보다는 풍기는 멋을 사랑한다"라는 등의 표현이 돋보입니다.

수필은 일상을 담은 글이므로 누구나 쓸 수 있습니다. 하지만, 문학적 향기가 배어 있는 좋은 수필은 누구나 쓸 수 있는 것은 아니지요. 많은 작가와 연구자들이 수필에 관해 나름대로 정의를 내렸어요. 그 내용을 살펴볼까요?

소설가 이태준은 수필이란 "한 감상, 한 소회, 한 의견이 문득 솟아오를 때, 설명으로 되든, 묘사로 되든, 가장 솔직한 대로 표현하는 글"이라고 했습니다. 글을 쓰고자 하는 문제의식이 있을 때, 그 글감을 적절한 글쓰기에 맞춰 '솔직하게 표현해야 한다'고 강조한 것이지요. 수필가 피천득은 수필의 문학적 특징을 강조하기 위해 "수필은 한가하면서도 나태하지 아니하고, 속박을 벗어나고서도 산만(散漫)하지 않으며, 찬란하지 않고 우아(優雅)하며 날카롭지 않으나 산뜻한 문학이다"라고 했습니다. '한가/나태', '속박/산만', '찬란/우아', '날카로움/산뜻함'을 대비시켜 수필의 문학적 긴장을 표현했지요. 문학 평론가 이명재는 수필은 "가장 친근한 일상의 필수품처럼 몸에 밴 생활문학"이라고 했습니다. 일상생활의 경험 속에서 건져 올린 소재를 다루기에 친근한 문학의 한 갈래라는 점을 강조한 것이지

이태준은 『문장강화』(범우사, 2004)에서 수필이란
"한 감상, 한 소회, 한 의견이 문득 솟아오를 때,
설명으로 되든, 묘사로 되든, 가장 솔직한 대로 표현하는 글"이라고 했습니다.

요. 고전문학가 이상보는 "수필을 쓰려면 자기 나름의 눈이 있어야 한다"고 했습니다. 누구나 쓸 수 있는 글이 수필이기에 자신만의 시선으로 개성적인 글을 쓸 수 있어야 좋은 수필이 될 수 있다는 것이지요. 언어학자 유목상은 "수필의 진수는 옹근 사상성에 있으며, 수필은 원숙한 사람의 생활적이요, 담소적인 글이다"라고 했습니다. 생활 속 일상의 소재를 다루더라도, 수필에는 사상적 깊이가 있어야 한다고 한 것이지요.

여러 선생님의 이야기를 종합해 보면, 수필은 산문 중에서 자유로운 형식으로 쓸 수 있는 글이고, 일상생활과 밀착되어 있기에 친근한 글입니다. 그럼에도 좋은 수필이 되기 위해서는 글쓴이만의 관점이 드러나야 하고, 더불어 사색의 깊이를 표현하는 '옹근 사상성'을 문학적으로 표현해야 합니다. 결론적으로, 수필은 "일상생활에서 소재를 발견하고, 글쓰기의 형식적 측면에서는 자유로우며, 글쓴이의 관점과 감수성, 깊이 있는 사색의 결과물이 내용으로 담겨 있는 산문 문학"이라고 정의할 수 있겠습니다.

수필은 어떤 사람들이 쓸까요?

시, 소설, 희곡, 수필, 평론 중 수필이 소재나 형식적인 면에서 가장 열려 있는 문학의 갈래입니다. 수필은 '자신의 관점과 감수성을 가지고, 깊이 있는 사색의 결과물을 문학적으로 표현'할 수 있다면 누구나 쓸 수 있습니다. 그래서 보통사람들의 생활글부터 시작해 전문 수필가의 글, 작가나 예술인의 글, 특정 분야 전문가들의 글 등 다양하지요. 그럼 누가 수필을 쓰는지 구체적으로 살펴볼까요?

첫째, 수필은 중요 문학 중 한 갈래로 수필을 써서 작품 활동을 하는 수필가가 있습니다. 중요 수필가로는 이양하, 김진섭, 김소운, 윤오영, 피천득, 전숙희, 안병욱, 김형석 등을 꼽을 수 있습니다. 이들은 수필이 중요 문학의 갈래가 되는 데 기여한 수필가들입니다. 수필은 수필가들만 쓰는 글은 아니지만 수필가로 등단한 작가들이 품격 높은 작품들을 발표하고 있습니다.

둘째, 근대문학 초기부터 시인과 소설가들이 수필을 쓰기도 했습니다. 근대문학 초기 수필 갈래가 형성되기 이전부터 최남선, 이광수, 김억, 염상섭 등이 수필을 썼고, 그 이후에는 나도향, 정지용, 이은상, 이태준, 이효석, 백신애, 이상, 노천명 등이 수필을 썼지요. 이 문학사적 전통은 지금까지도 이어져 나희덕, 김선우, 이병률, 진은영 같은 현대의 시인들이나, 김연수, 정지아, 최진영은 물론 노벨문학상을 수상한 한강 소설가도 산문집의 형태로 수필을 발표하고 있습니다.

셋째, 미술과 음악 등 다른 영역의 예술가들이 쓴 수필이 있습니다. 음악가 홍난파, 근대조각가 김복진, 미술사학자 김용준, 화가 천경자, 미술사학자 고유섭 등이 쓴 수필이 있습니다. 예술가들은 자신의 예술관이나 다른 예술작품에 대한 감흥 등을 글로 표현했습니다.

넷째, 특정 영역에서 전문인이 된 사람들이 자신의 전문성에 문학적인 사색의 깊이를 더한 수필을 썼어요. 국어학자 이희승, 출판인 안춘근, 의

사 박문하의 수필 등을 들 수 있습니다. 전문인들은 자기 세계를 가진 사람들이 갖는 당당함과 설득력 있는 목소리를 수필에 잘 담아냈습니다.

다섯째, 최근 수필의 영역이 확장되어 자신의 감상을 잘 표현한 보통 사람의 글들이 출판되어 좋은 반응을 일으킨 사례가 늘고 있습니다. 예전에는 수필집을 출간하기 위해 수필가, 문인, 예술가, 전문인처럼 특별한 자격을 갖춰야 했지만, 현재는 글 자체로 평가를 받아 출판한 '특별한 보통 사람들'이 늘고 있습니다.

「두 현악기의 우정」으로 살펴본 수필의 세계

그럼, 구체적인 예시로 수필 한 편을 살펴볼까요? 셋째와 넷째 영역에 걸쳐 있는 사례가 되겠네요. 전문인이 자신의 전문 영역에 기반해 예술과 관련한 글을 썼습니다. 「두 현악기의 우정」이라는 수필이 있습니다. 오랫동안 클래식 음악 프로그램을 진행하며 전문성을 갖추게 된 유정아 아나운서가 쓴 수필입니다. 유정아 아나운서는 음악인들 간의 만남과 우정을 포함한 여러 음악 이야기를 담은 수필집 『마주침』(문학동네, 2008)을 썼습니다. 「두 현악기의 우정」은 이 수필집에 수록한 글입니다.

「두 현악기의 우정」에서는 기타리스트 외란 쇨셔(Göran Söllscher)와 첼리스트 지안 왕(Jian Wang)을 소개합니다. 외란 쇨셔는 스웨덴이 자랑하는 기타리스트입니다. 자신이 직접 고안해 낸 11현 기타를 연주하여 세계적인 명성을 얻었지요. 한국에도 몇 차례 내한 공연을 해 많은 팬을 확보하고 있습니다. 지안 왕은 중국 출신의 첼리스트입니다. 첼리스트였던 아버지의 영향으로 네 살 때부터 첼로를 배웠고, 이후 미국 예일대와 줄리아드스쿨 음악대학원에서 공부하여 세계적인 첼리스트로 성장했습니다.

유정아는 지안 왕과 외란 쇨셔의 특별한 우정에 관해 이야기합니다. 둘의 우정은 〈레버리(Reverie)〉(DG, 2007)라는 듀엣 앨범으로 더욱 빛을 발했습니다. 레버리(Reverie)는 '헛된 망상' 혹은 '멜랑콜리'를 뜻한다고 합니다. 첼로와 기타는 같은 음역을 연주하기에 듀오로 연주하기가 쉽지 않은 악기입니다. 그런데 두 연주자는 서로에 대한 배려, 서로의 음악에 대한 깊은 존중으로 듀엣 앨범을 완성했습니다. 특히 앨범에 수록된 '롱파(Rong Fa: Pastoral)'는 지안 왕에게 특별한 사연이 있는 곡이라고 합니다.

1978년 미국 보스턴 심포니 오케스트라가 중국 방문 공연을 할 당시 열 살이던 지안 왕은 오케스트라 앞에서 '류 롱파의 중국 민요'를 첼로로 연주했답니다. 공연이 끝난 뒤 보스턴 심포니 오케스트라의 첼로 연주 단원이 어린 지안 왕에게 다가와 브람스의 소나타 악보를 건네주며 격려를 했습니다. 지안 왕은 '브람스 소나타 악보'를 소중하게 간직하며 음악에 대한 간절한 꿈을 키워 나갔다고 합니다. 그런 사연이 있는 작품을 외란 쇨셔가 마음을 담아 편곡을 했고 이에 호응해 지안 왕은 첼로의 비브라토를 자제하고, 외란 쇨셔가 연주하는 기타의 순수함과 단순함에 맞추기 위해 많은 연습을 한 결과 이 앨범이 탄생하게 되었다고 합니다.

유정아는 외란 쇨셔와 지안 왕의 이야기에 덧붙여 또 다른 우정의 나눔도 소개합니다. 첼리스트 송영훈과 기타리스트 제이슨 뷰의 만남과 사귐에 관한 이야기지요. 바이올리니스트 김수빈의 결혼식에 초대를 받은 두 사람은 서로 모르는 사이였는데, 그 결혼식에서 피아졸라의 곡을 연주해 달라는 미션을 수행하게 되었지요. 결혼식 축가 연주를 위해 만난 첼리스트 송영훈과 기타리스트 제이슨 뷰는 연습 과정에서 서로의 연주에 깊이 공감하게 됩니다. 이를 계기로 송영훈과 제이슨 뷰는 우정을 나누는 친구가 되었습니다. 둘은 여기서 멈추지 않고 첼로와 기타 2중주 음반 〈송 오브 브라질(Song of Brazil)〉을 발매했습니다. 미국과 한국을 오가며 둘은 연주 우정을 쌓아오고 있다고 합니다.

조화로운 화음, 조화로운 글쓰기의 세계

유정아는 수필 「두 현악기의 우정」에서 오랜 음악 방송인다운 전문적인 식견을 보여 줍니다. 기타와 첼로가 협연을 하는 것이 얼마나 어려운지에 관해, 그 협연 과정에서 서로 다른 악기를 연주하는 음악가들이 서로를 알아 가는 것에 관해서 쉽게 알려 주지요. 음악은 공동의 작업이기에, 서로의 마음을 읽으려는 노력이 없으면 성공적인 연주를 하기 힘듭니다. 첼로와 기타는 같은 현악기이지만 음의 색채는 다르지요. 첼로는 양쪽 무릎 사이에 끼고 활을 켜 연주하는 큰 현악기이지요. 의자에 앉아 품 안에 안고 현을 켜는 첼로에 비하면 기타는 작은 현악기입니다. 두 악기의 특성상 첼로가 기타를 압도하는 경우가 많다고 합니다. 유정아는 서로 다른 악기를 연주하며 서로를 배려해 더 돈독한 우정을 쌓아 가는 외란 쉴셔와 지안 왕, 송영훈과 제이슨 뷰의 우정을 이해하기 쉽도록 전해 줍니다.

  앞에서 백아와 종자기의 고사성어를 이야기했지요. 지음(知音)은 '음악을 알아듣는다', '벗의 마음을 읽어 낸다'라는 의미인데요. 외란 쉴셔와 지안 왕, 그리고 송영훈과 제이슨 뷰는 지음의 경지에 이른 우정을 나눈 음악가들입니다. 첼로와 기타라는 다른 악기로 협연을 하여, 새로운 음악의 세계를 창조해 냈으니까요. 우정은 첼로나 기타와 같이 다른 악기가 어우러져 소리를 만들어 내는 것과 같습니다. 비슷한 사람끼리만 어울리는 것이 아니라 서로 다른 사람들이 만나 서로를 이해해 가는 과정 속에서 깊은 우정은 싹트지요. 자기만의 세계에 몰두하던 이들이 자신의 세계를 친구의 세계와 어울리도록 양보하고 배려하면 새로운 우정의 세계가 펼쳐집니다. 둘 중 하나가 자기 세계를 포기한다면 조화로운 소리가 나오기 힘듭니다. 둘 다 자기 세계를 고집한다면 각자의 길을 가게 되겠지요. 빛나는 우정은 조화로운 화음과 같습니다.

4 수필의 특징은 무엇인가요?

수필은 누구나 쓸 수 있어요

수필은 '붓 가는 대로 쓴다'고 합니다. 또, '무형식의 형식'이라고 합니다. 수필은 '이렇게 써야 한다'라고 따로 규정된 형식이 없습니다. 수필은 편지 쓰듯 써도 되고, 일기 쓰듯 써도 되고, 기행문을 쓰듯이 써도 됩니다. 이제까지 없던 새로운 형식을 시도해도 됩니다. 운문인 듯 산문인 듯 그 경계에 있는 수필도 있습니다. 수필은 그만큼 형식적 자유가 허용된다는 말이지요. 소설은 '허구적 세계의 창조'라고 하고, 시는 '생각과 정서를 압축한 운문'이라고들 합니다. 수필은 '무형식의 글쓰기'라고 해요. 하지만 자유롭게 누구나 쓸 수 있다고 해서 좋은 수필을 그냥 쓸 수는 없지요. 좋은 수필은 삶의 진실을, 개성적인 관점과 문학적 표현으로 깊은 생각을 담아 표현합니다.

저는 수필이 미래의 한국문학에서 더 중요한 문학의 갈래가 되리라고 봅니다. 현대사회는 누구나 글을 쓸 수 있고, 누구나 원하면 책으로 출판할 수 있습니다. 글쓰기의 대중화 시대이지요. 그렇기에 더 좋은 글, 더 좋은 수필을 읽고 쓰는 것도 중요합니다. 수필의 특징에는 여러 가지가 있습니다. 일정한 형식이 없는 자유로운 글쓰기, 다양한 소재, 글쓴이의 개성이 담겨 있는 자기 고백적이고 사색적인 글, 전문가뿐 아니라 누구나 쓸 수 있는 개방성, 글쓴이의 깊이 있는 통찰이 담긴 글이라는 특징이 있지요. 그중에 특별히 이야기의 진실성과 개성적인 시선, 표현의 자유로움, 깊이 있는 사색에 대해 살펴보겠습니다.

이야기에 진실성이 있어야 해요

먼저, 이야기의 진실성에 관해 이야기해 볼까요?

수필의 힘은 진실성에 있습니다. 자신이 체험하고 경험한 것을 그대로 표현하기 위해서는 용기가 필요합니다. 조금 더 아름답게 꾸미고 싶고 자기 자신을 실제보다 과장해서 더 돋보이게 표현하면 진실에서 멀어집니다. 실수나 숨기고 싶은 것까지 솔직히 드러낼 때 진실에 가닿을 수 있지요. 자신을 온전히 드러내는 것만큼 어려운 일은 없습니다. 좋은 글은 진실성을 갖고 있고, 진실되게 쓰기 위해서는 용기가 필요합니다. 저는 수필에서 진실하게 표현할 수 있는 용기가 무엇보다 중요하다고 생각합니다.

수필의 특징은
자유로운 글쓰기, 다양한 소재, 자기고백적·개성적,
개방성 그리고 깊이 있는 사색과 통찰입니다.

소설가 김연수는 『청춘의 문장들』이라는 산문집을 냈습니다. 이 책에는 김연수 작가가 자신을 소개하는 인상적인 내용이 실려 있습니다. 한 대목을 소개해 볼까요?

"김연수. 1970년 경상북도 김천에 있는 한 빵집의 막내아들로 태어났다. 평생 사서 먹을 빵보다 더 많은 빵을 그냥 집어먹으면서 자랐다. 빵은 둥글고 부드럽고 누르면 어느 정도 들어간다. 그런 점에서 그의 본성은 빵의 영향을 받았다. 열일곱 살, 전적으로 이과에 적합하게 태어난 냉철한 머리가 그만 이상과 김수영과 김지하의 시를 읽으면서 이상해지기 시작했다. 대학에 들어갈 때는 수많은 문학과 중에서 천문학과를 택했다가 결국 영문학과에 들어가게 됐다. 드넓게 바라볼 때, 두 과 사이에 별 차이는 없었다.

– 김연수, 『청춘의 문장들』(마음산책, 2004)

저는 김연수 작가의 작가 소개 글을 읽으면서, "평생 사서 먹을 빵보다 더 많은 빵을 그냥 집어먹으면서 자랐다"라는 대목을 읽으며 '빵~' 웃음이 터지고 말았어요. 또, "대학에 들어갈 때는 수많은 문학과 중에서 천문학과를 택했다가 결국 영문학과에 들어"갔다면서, "드넓게 바라볼 때, 두 과 사이에 별 차이는 없었다"라는 표현도 재미있었습니다. 천문학과의 '별'을 다시 한번 다음 문장에서 써먹었으니까요. 저는 '참, 재치 있고 위트 있는 문장이구나' 감탄했고, '이웃집 친구들이 많이 부러워했겠다' 싶어 미소도 저절로 피어올랐지요. 여러분도 재치 있는 자기소개 글을 한번 써 보세요. 위의 문장을 참고하면 재미있는 표현이 나오리라고 생각해요.

김연수의 『청춘의 문장들』은 지금도 많은 사람이 읽는 산문집입니다. 이 책은 '마음을 끄는 절실한 문장'들을 작가 개인의 이야기와 연결해 쓴 글을 모았습니다. 그중 「어둠을 지나지 않으면 어둠에서 벗어나지 못하느니」도 김연수 작가가 중학교 2학년 시절에 겪은 '어둠의 경험'에 관해 이야기하고 있습니다. 「어둠을 지나지 않으면 어둠에서 벗어나지 못하느니」라는 글에서 수필의 진실성을 발견할 수 있습니다.

작가는 어느 가을 맑은 날, 중학교 2학년 2학기의 2교시를 마치고 도망치듯 학교 뒷산으로 올랐다고 합니다. 그러고는 두 시간이나 수업을 빼먹고 산을 타고 무작정 학교를 벗어날지, 아니면 교실로 되돌아갈지를 갈등했다고 해요. 그때 김연수는 학교에 가기가 고통스러웠고, 한 아이가 집요하게 자신을 괴롭혀서 견디기 힘들었다고 합니다. 김연수는 친하게 지내는 친구들도 많았는데, 그 누구도 그 아이의 행동을 제지하지 않았다고 합니다. 심지어 선생님들도 성적에만 관심을 두지, 김연수가 어떤 곤란을 겪고 있으리라는 생각은 하지 않는 듯했답니다. 그는 누구의 도움도 받을 수 없는 막막한 상황에서 교실을 뛰쳐나왔어요. 그 시기를 생각하면 "지금도 가슴이 아리다"고 김연수는 말합니다.

그때 김연수의 심정은 김시습의 시 「밤이 얼마나 지났는가(夜如何)」에 그려진 것과 같았다고 합니다. 김시습은 다섯 살 때 세종대왕을 깜짝 놀라게 하는 시를 썼어요. 그래서 '김오세(金五歲)'라고 불리기도 했다지요. 김시습은 시에서 "깊은 산 그윽한 골짜기 어둡기만 한데(深山幽邃杳冥冥)"라고 읊었어요. 여기서 '답명명(畓冥冥)'은 "어둡고 어두울 정도로 어둡다"라는 뜻입니다. 어둠을 세 번이나 연거푸 써서 표현했습니다. 김연수는 김시습이 '맞닥뜨린 어둠'을 상상하고, 자신이 중학교 2학년 때 교실을 박차고 나가 뒷산에서 '맞닥뜨린 막막함'을 생각합니다. 옛 선인들의 문장에서 자신의 처지를 묘사한 문장을 발견한 것이지요. 김연수는 스스로에게는 절박했던 문제가 조금 거리를 두고 보면 다소 홀가분해지는 느낌으로 바뀐다고 했습니다.

 중학교 2학년생 김연수는 뒷산에서 막막함을 어떻게 떨쳐냈을까요? 자신을 괴롭히던 그 아이가 점심시간이 되자 뒷산으로 찾아왔다고 합니다. 그 아이는 김연수에게 겁에 질린 표정으로 '괜찮냐'라고 물었고, 그 후 함께 뒷산을 내려왔다고 해요. 그 아이는 다음부터는 더 이상 김연수를 괴롭히지 않았다고 합니다. 김연수는 자신이 겪은 중학교 2학년 시절의 고통을 통해 "어둡고 어두울 정도로 가장 깊은 어둠을 겪지 않으면 그 어둠에서 벗어날 수 없다는 것"을 알게 되었다고 합니다. 이 이야기는 어쩌면 작가 김연수가 숨기고 싶었던 못난 과거의 일일지도 모릅니다. 하지만, 그는 진실한 마음으로 그 시절을 이야기로 풀어놓아 '어둠을 벗어나기 위해서는 어둠을 겪어내야 한다'는 사실을 우리에게 말해 주고 있습니다. 수필의 진실성은 자신이 겪은 일을 사실대로 말할 수 있는 용기에서 나오는 것이지요. 진실하게 이야기한다는 것은 조금은 아름답게 과거를 꾸미고 싶고, 조금은 더 좋은 모습으로 자신을 포장하고 싶은 유혹을 떨쳐 내는 것입니다. 진실한 이야기는 울림이 있지요. 수필의 울림은 진실성에서 나옵니다.

개성적 시선이 중요해요

다음으로 개성적 시선에 관해 알아볼까요?

개성은 다른 사람과 구별되는 특성을 말합니다. 인간은 서로 같아지려고 하면서도, 다르기를 바라는 이중성을 갖고 있지요. 다른 사람과 구별되는 나의 관점을 갖는 것, 그것이 일관된 특성으로 자리 잡으면 개성이 있다고 하지요. 개성은 자기만의 기준에 따라 행동하는 것이자 다른 사람과의 차이를 스스로 인식하는 것입니다. 개성이 있어야 주체적인 삶을 살 수 있습니다. 모든 사람이 같아지려고만 하면 다름이 용인되지 않는 전체주의 사회가 되고 맙니다. 개성이나 다름에 대한 인정은 더 많은 사람들이 함께 더불어 살 수 있는 관용과 포용의 정신과도 관련이 있습니다. 개성은 나 자신의 고유한 삶과 같은 것이기에 개인의 존재 기반과 같습니다. 개성에서 중요한 것은 어떤 위치에서 보는가입니다. 이것을 '개성적 시선'이라고 합니다. 개성적인 시선을 가진 시인, 소설가, 극작가, 수필가는 자신의 관점에서 세상을 바라보고 표현할 줄 압니다.

소설가 이태준의 「작품애」라는 수필이 있습니다. 1941년에 나온 『무서록』이라는 수필집에 수록된 작품입니다. 이 작품을 예로 들어 작가의 '개성적 시선'에 관해 살펴볼까요?

서울이 경성으로 불리던, 일제강점기에 작가 이태준이 전차에 올라탔습니다. 전차에는 서로 친구인 한 무리의 소녀들이 타고 있었지요. 그중 한 소녀가 무릎에 얼굴을 묻고 흐느껴 우는 데도, 친구들이 달래주려고 하지 않았어요. 이태준이 이상하다고 생각하고 있는데, 같이 전차에 타고 있던 큰 여학생이 '왜 우느냐'고 물어보았어요. 그러자 울던 여학생의 친구들이 '선생님께서 칭찬해 준 재봉한 색헝겊을 잃어버려' 운다고 알려 주었어요. 그러자 그 큰 여학생이 우는 여학생을 위로하며 "얘, 울문 뭘 허니? 운다구 찾아지니? 울어두 안 될 걸 우는 건 바보야"라고 말하지요. 달래려고 하는 말이지만 서늘한 기운이 스민 현실적인 위로지요. 작가는 큰 여학생의 말을 곱씹으며, 자신의 생각을 펼쳐 나가요. 이 부분에서 이태준 작가의 개성적 시선이 서서히 드러납니다.

작가는 "울어도 안 될 걸 우는 건 바보야"라는 말이 이치에 맞는 말이라고 동의합니다. 우는 것만으로는 문제가 해결되지 않기 때문이지요. 하지만 "사람들은 울음에 있어 곧잘 어리석어진다"라는 이야기도 하지요. 울어서는 안 될 일에도 울음을 터뜨려 감정을 해소하는 것도 인간의 일이라는 것이지요. 작가는 여기서 더 나아갑니다. 자신에게서 '재봉한 색헝겊을 잃어버린 소녀'에 대한 연민의 감정을 발견합니다. 이 연민이 작가의 개성적 시선이지요. 작가는 그 소녀가 헝겊 조각을 재봉하며 기울였을 정성을 생각합니다. "정성껏, 솜씨껏, 마르고, 호고, 감치고 했을" 그 재봉 조각은 '자신의 자랑스러운 작품'이었겠지요. 그 잃어버린 작품에 대한 애정이 그 소녀를 서럽게 했으리라고 보았지요. 이태준 또한 자신이 애정을 쏟았던 작품을 잃어버린 경험이 있다고 했습니다. 동료 작가인 나도향이 세상을 떠난 이후 그를 애도하는 추도문을 써서 보냈는데, 출판사에서 그 원고를 잃어버렸다고 해요. 이태준은 기억을 되살려 다시 쓰기는 했지만, "아무래도 처음에 썼던 것만 못한 것 같아 찜찜"했다고 했습니다.

  작가는 처음에는 큰 여학생의 이치에 맞는 이야기에 동조했다가, 다음에는 재봉한 조각을 잃어버린 여학생에 연민의 감정을 느낍니다. 이태준은 슬퍼하는 사람과 자신을 같은 위치에 놓음으로써, 여리고 약한 존재에게 감정이입을 합니다. 재봉 조각을 잃어버린 여학생의 슬픔에, 자신이 원고를 잃어버렸던 때의 감정을 떠올리며 공감하는 것이지요. 이태준은 스스로 다짐합니다. 잃어버리면 큰 슬픔을 느낄 만큼 "애착, 혹은 충실"한 작품을 써야겠다고 말입니다. "울어도 안 될 걸 우는 건 바보야"라는 당연한 이야기에서, "잃어버리면 울지 않고는, 몸부림을 치지 않고는 견딜 수 없는, 그런 작품을 써야 옳을 것이다"라는 자기 다짐을 끌어오는 것이 개성적 시선입니다. 작가는 재봉 조각을 잃어버린 여학생의 슬픔에 공감함으로써 좋은 작품을 쓰겠다는 자신의 열정을 확인하지요. 평범한 이야기를 창작에 대한 열정으로 변화시키는 것이 바로 '개성적 시선'입니다.

수필에는 정해진 형식이 없어요

  다음은 표현의 자유로움에 관해 알아봅시다. 수필은 자유로운 형식이 중요한 특징입니다. 수필은 자유로운 산문이라며, 갈래에 따르는 약속된 규칙이 없어 '무형식의 형식'이라고도 했지요. 그래서 수필은 소설처럼 쓰기도 하고, 넘치는 감성을 표현하기도 하고, 사색적 어조로 성찰적 고백체를 활용하기도 합니다. 강한 주장을 담은 논설문 형식으로 쓰기도 하고, 콩트처럼 짧은 이야기로 구성하기도 하지요. 때로는 기행문과 일기문이 혼합된 형식 실험도 있을 수 있습니다. 수필의 자유로운 형식, 무형식의 형식은 많은 글쓰기 실험이 가능하도록 하지요.

이병률 시인의 산문집 『끌림』은 그가 1994년부터 2005년까지 여행했던 이야기를 때로는 시처럼, 때로는 소설처럼 자유롭게 쓴 책입니다. 이 책의 자유로운 기술 방식은 사진과 글을 결합한 것에서도 잘 드러납니다. 책을 넘기다 보면 사진집인지 산문집인지 헷갈릴 지경이지요. 이것 또한 수필의 자유로운 형식 실험이라고 볼 수 있습니다.

『끌림』에 실린 「2004년 11월 20일」이라는 글을 예로 들어 볼까요?

이병률 시인은 이날 파리에 있었습니다. 밤새 프랑스 작가 크리스토프 바타유의 『지옥 만세』(문학동네, 2003)를 읽었지요. 그는 책을 다 읽는 것도 실패하고, 잠이 드는 것도 실패한 채 아침 7시 40분에 밖으로 나오게 됩니다. 조금 이른 시간이라 차가 막히지 않을 때인데도, 차들이 밀려 있었죠. 이병률 시인은 무슨 일인가 싶어 "높고 어두운 건물들을 제치고 골목이 끝나는 지점"까지 갑니다. 그곳에서 '커다란 무지개'를 발견하지요. 그 큰 무지개를 보기 위해 사람들이 몰려 있었고, 덩달아 차도 밀렸던 겁니다. 이병률 시인은 파리의 커다란 무지개를 바라보며 "내 삶도 저만큼만 높고 아름다웠으면 하고 생각"합니다. 그러고는 "환상은 건드려서 이미 부서졌다지만, 희망은 건드리면 무지개가 되잖아, 저렇게"라고 읊조리게 되지요. 멋진 장면이고 감탄하게 하는 표현입니다. 우리는 프랑스 파리에 있지 않지만, 2004년 11월 20일의 파리 풍경을 상상할 수 있지요. 그것이 글의 힘입니다. 왜 이 글이 자유로운 형식이냐고요? 이 글은 일기인 듯도 싶고, 기행문인 듯도 싶습니다. 이야기가 담겨 있으니 산문이 맞는데, 마치 운문처럼 짧고 압축적입니다. 새로운 글쓰기 형식의 창조와 같은 묘미를 주지요. 이병률 시인이 글에서 "나는 누구 인생의 무지개가 되면 안 될까? / 그 누가 내 인생의 무지개가 되면 안 될까?"라고 하는 부분은 무지개 뜬 파리의 아침과 어우러져 '희망의 메시지'로 변화하지요. 수필은 자유로운 형식, 무형식의 형식으로 새로운 글쓰기 스타일을 창조합니다. 이병률 시인의 「2004년 11월 20일」도 일기문과 기행문이 결합한 새로운 형식의 글쓰기 사례라고 할 수 있습니다.

같은 것도 깊이 보면 달라 보여요

제가 좋아하는 수필 중 하나가 김선우 시인의 「숟가락, 날마다 어머니를 낳는」이라는 글입니다. 이 글은 『김선우의 사물들』(단비, 2021)이라는 책에 실려 있습니다. 이 책에는 시인이 여러 사물에 관한 깊이 있는 생각을 쓴 글들이 실려 있습니다. 그 사물들은 거울, 의자, 반지, 사진기, 휴대폰 등 평범한 것들이지요.

시인은 숟가락을 밥상이 아닌 책상으로 초대합니다. 찬찬히 숟가락을 관찰하지요. 우묵하게 패인 안쪽 면과 볼록한 뒷면을 보고, 얼굴을 숟가락에 비춰보기도 하지요. 저는 식사 때만 숟가락을 사용했지, 김선우 시인처럼 평소 찬찬히 숟가락을 살펴본 적이 없습니다. 고마운 사물에 대해 깊은 애정을 갖고 관찰하면 시인처럼 서정적인 마음이 우러나오나 봅니다. 김선우 시인은 "숟가락은 무엇인가 담기 위해 인간이 고안해 낸 모든 종류의 용기들 중 가장 작다"고 말합니다. 숟가락으로 인간은 음식을 떠먹어요. 많은 사람이 함께 사용하기도 하지요. 숟가락은 영물입니다. 수많은 사람의 입술을 스쳐 수많은 사람에게 따뜻한 국물을 먹였으니까요.

숟가락에 대해 김선우 시인이 쓴 다음과 같은 대목에서는 저절로 세상 만물에 대한 겸허한 마음을 갖게 됩니다.

> 먹는다는 일은 선택의 여지가 없는 일이다. 모든 살아 있는 존재들에게, 살아 있기를 희망하는 존재들에게 필연적으로 부과된 일. 선택의 여지가 없다는 점에서 존재의 치명적인 약한 고리이며 그리하여 먹는 일과 먹이는 일은 도덕적, 미학적 가치 부여 이전에 그 행위 스스로의 위엄으로 순결해진다. (중략) 태어나면서부터 우리가 거의 매일 일상적으로 접하는 숟가락이 환기하는 기묘한 향수의 근원에는 '먹이는 어머니'가 있다. 먹이는 어머니는 대지의 기억에 밀접하고 섬김의 표상으로 구체화된다.
>
> — 김선우, 「숟가락, 날마다 어머니를 낳는」, 『김선우의 사물들』(단비, 2021)

사람들은 숟가락으로, 혹은 젓가락이나 포크로 음식을 먹습니다. 먹는 행위는 생명이 있는 모든 존재에게 부과된 의무와 같습니다. 생명과 먹는 행위는 떼려야 뗄 수 없습니다. 그래서 김선우 시인은 먹는 행위는 위엄이 있으며, 순결해진다고 하지요. 그중 숟가락으로 국물을 떠먹을 때, 사람들은 고개를 숙일 수밖에 없습니다. 숟가락으로 음식을 뜨는 행위는 '공손하게 모시는 것'과 같습니다. 그 순간에는 경건함이 가득하지요. 생각해 보세요. 숟가락으로 음식을 떠서 입속에 넣을 때면 언제나 고개를 숙이게 되지요. 모든 음식에 공경을 표하듯이, 숟가락으로 떠먹는 순간에 공경하는 자세가 됩니다. 생명의 위엄 있고 순결한 행위 속에서 '먹이는 어머니'를 생각합니다. 독일의 작가 괴테는 "모든 생명이 있는 존재에게는 어머니가 있다"라고 했습니다. 이는 '먹이는 어머니'가 있기에 태어나서 생명을 유지할 수 있다는 의미이기도 하지요. 숟가락 하나에 대한 깊은 생각만으로, 인간은 먹는 존재이고 어머니에게 깊이 의존했던 존재라는 사실을 알게 됩니다. 먹는 행위가 가진 위엄을 생각할 때, 자신이 세상과 연결되어 있는 존재라는 사실을 다시 한번 생각하게 되지요.

  김선우 시인은 '숟가락'에서 대지를 섬기는 생명을 발견하는 사색의 깊이를 표현했습니다. 그리고 문장으로 썼습니다. 숟가락의 안쪽 면과 볼록한 뒤쪽 면에서 '세상에서 가장 작은 인간의 용기(容器)'라는 사실을 발견하지요. 그리고 숟가락으로 음식을 떠먹는 행위에서는 '먹이는 어머니'의 숭고함에 대한 헌사로 이어지고요. 김선우 시인의 숟가락에 관한 깊은 사색은 인간은 먹는 행위로 대지와 연결되어 있다는 생태적 상상력 때문에 더 깊어질 수 있었습니다. 먹는 행위가 생명 유지의 숭고한 의무라고 했을 때, 숟가락이라는 가장 작은 식기가 불러일으키는 '공손함'에 관해 다시 생각하게 됩니다.

수필은 한국문학의 미래

　수필은 "일상생활에서의 경험이나 사색"을 담아낸 자유로운 글로, 개성적 관점과 깊이 있는 사상성이 중요하다고 했습니다. 좋은 수필이 되기 위해서는 김연수 작가의 「어둠을 지나지 않으면 어둠에서 벗어나지 못하느니」처럼 용기 있게 자신의 이야기를 드러낼 수 있는 진실성이 있어야 합니다. 이태준 작가의 「작품애」처럼 자신만의 개성적인 시선으로 인물과 사건, 사물을 바라보려는 노력도 필요합니다. 이병률 시인의 「2004년 11월 20일」처럼 여러 글쓰기 형식을 넘나드는 자유로운 스타일도 중요하지요. 김선우 시인의 「숟가락, 날마다 어머니를 낳는」의 예처럼 깊이 있는 사색까지 더해지면, 좋은 수필의 요건을 두루 갖추게 되는 것이지요.

　저는 수필 갈래가 한국문학의 미래라고 봅니다. 미래의 문학에는 수필가들이 더 등장하고, 평범한 보통 사람들이 더 많은 수필을 쓰게 될 것입니다. 많은 사람들이 문학에 관심을 갖고, 더 자유롭게 문학적 글쓰기를 하려면 수필 갈래가 더 확산되어야 합니다. 수필은 특정한 형식에 구애받지 않고, 원하는 사람은 누구나 쓸 수 있는 글이면서도 생각의 깊이를 담아낼 수 있기에 개방적입니다. 더 많은 사람들이 문학적 글쓰기를 하는 미래가 온다면 그때는 더 수필 갈래가 중요해지리라고 봅니다.

문학 평론이란 무엇인가요?

문학 비평의 출발

문학 비평은 시, 소설, 희곡, 수필 작품을 해석하고, 감상하고, 평가하는 글을 말합니다. 문학 비평이 문학 작품을 잘 이해할 수 있도록 도와주는 역할을 해야 하는가, 아니면 문학성의 좋고 나쁨을 평가하는 역할을 해야 하는가는 오랫동안 논쟁이 되어 왔습니다.

과거에 일어났던 하나의 사건을 통해 문학 비평에 관해 설명해 볼까요? 한국 근대문학 초창기였던 1920년에 발생한 일입니다. 그때는 일제강점기라 근대시라는 갈래가 구분되기 시작한 지 얼마 되지 않았고, 소설이라는 근대문학의 형식도 만들어 나가는 과정이었습니다. 모든 것이 생소하고 서툰 때였지요. 대신 근대시와 근대소설이 처음 등장하던 때라 활기는 넘쳤습니다. 김환이라는 소설가가 「자연의 자각」이라는 단편소설을 발표했습니다. 그 작품을 어떻게 평가할 것인가를 놓고 근대문학의 중요한 인물인 두 소설가가 논쟁하기 시작했습니다. 그 두 인물은 소설가 염상섭과 김동인이었지요. 염상섭은 일기장을 소설로 발표했다며 김환의 「자연의 자각」을 심하게 비판했습니다. 그러자 김동인이 나서서 김환 소설가를 '인신공격'한다며 오히려 염상섭을 비판했습니다. 둘 사이의 논쟁은 한국 근대 비평의 역사에서 '문학 비평이란 무엇인가'를 놓고 벌어진 최초의 충돌이라고 합니다.

비평가는 문학 작품을 해설하는 '변사'(무성영화를 해설하는 사람)가 되어야 하는가, 아니면 문학 작품의 좋고 나쁨을 판단하는 '재판관'이 되어야 하는가가 이 논쟁에서 중요한 문제로 불거졌습니다. 이를 '변사/판사 논쟁'이라고 부릅니다. 염상섭은 평론가의 입장에 가까워서 '재판관'의 위치에 서려 했고, 김동인은 소설가를 더 우위에 두는 '변사론'을 지지했습니다.

문학 평론가는 시대의 요구에 부합하는 '좋은 문학'의 기준을 가지고 문학 작품을 비평해 독자의 공감을 얻어낼 수 있어야 합니다. 문학 평론가는 때로는 작가와 어깨를 나란히 하면서 함께 공감해 주기도 하고, 때로는 작품을 낱낱이 분석하여 작가를 불편하게 하기도 하지요. 더 나아가 여러 작품 가운데 좋은 작품과 나쁜 작품을 판단하여 독자에게 설득력 있게 알리는 역할도 합니다.

애증의 관계, 문학 평론가와 작가

문학 비평은 독자를 대표하는 글쓰기이고, 작가보다 더 작품을 잘 읽어 낸 글이며, 좋은 문학을 함께 나누는 실천적 글쓰기이기도 합니다. 작가와 시인의 입장에서는 고심해서 쓴 작품을 평가한 비평이 불편하게 읽힐 수도 있어요. 그래서 작가와 비평문을 쓴 사람 간에는 논쟁이 벌어지기도 합니다. 작가들이 나서서 때로는 자신의 작품을 비평한 글에 반박을 하기도 하지요.

독일 작가 괴테(Johann Wolfgang von Goethe)는 "비평가는 짖어대는 개에 불과하다"고 했고, 영국의 작가 벤저민 디즈레일리(Benjamin Disraeli)는 "예술의 실격자가 문학 평론가가 된다"고 모욕하기도 했지요. 러시아 작가 체호프(Anton Pavlovich Chekhov)는 평론가를 작가들의 작품에 대해 왈가왈부하는 존재라면서 "문학 평론가는 귀찮은 파리"라며 야유하기도 했습니다.

문학 비평은 "문학 작품을 대상으로 하여 작품의 구성 요소, 구조, 창작 기법, 미적 가치, 작가의 세계관 등을 살펴서 그 가치를 판단하는 일"이라고 정의하고 있어요. 이 정의는 『100년의 문학용어 사전』(아시아, 2008)에서 옮겨 왔습니다. 이 정의에 따르면 문학 비평은 문학 작품을 잘 읽고 쓴 글로 문학에 대해 이론적 논의도 포함하고 있어야 해요. 그래서 객관적이고 온당한 평가가 설득력 있게 제시되어야 합니다.

하지만 작가들은 자기 작품에 깊은 애정이 있기에 문학 비평이 자기 작

문학 평론가는 문학 작품을 잘 읽을 줄도 알아야 하고,
문학에 대해 이론적으로도 잘 알고 있어야 합니다.

품의 좋은 부분을 잘 드러내 주기를 기대합니다. 그러니 문학 평론가와 작가의 갈등은 끊이지 않습니다.

문학 비평은 왜 필요할까요?

평가하는 일은 어렵습니다. 하지만 누구나 일상생활에서 평가를 합니다. 자신이 들었던 음악을, 봤던 영화를, 그리고 드라마를 평가하지요. 소박하게는 '재미있다, 재미없다'라는 평부터 구체적으로는 '전체 구성이 잘 짜여져 있다', '서사가 허술하다'는 평까지 다양하지요. 친구들과 대화하면서 작품에 대해 '멋있다, 형편없다'는 이야기도 하고, 그 작품을 듣거나 보고 느낀 점을 이야기하기도 하지요. 이러한 대화도 크게는 '비평'이라고 할 수 있습니다. 다만, 비평은 근거가 있는 평가여야 한다는 전제가 있지요. 자신의 평가를 설득력 있게 제시하기 위해서는 그 판단의 근거를 제시해야 한다는 것이지요.

그렇다면, 왜 문학 비평이 필요할까요? 문학 비평은 작품을 놓고 벌어지는 작가, 비평가, 독자의 의사소통입니다. 문학 비평 또한 문학적 글쓰기 행위이기도 합니다. 문학 비평은 문학 작품에 대한 비판적 읽기와 글쓰기를 통해 작가와 독자에게 영향을 미칩니다. 더 넓게는 좋은 문학, 좋은 작가, 좋은 독자가 되도록 참견하는 글쓰기 행위이지요. 그래서 문학 비평도 문학의 한 갈래로 중요하게 인정하는 것이지요. 보다 구체적으로 어떤 역할을 하는지 살펴볼까요?

첫째, 문학 비평은 작품과 독자를 연결해 주는 의사소통의 글쓰기입니다. 한 편의 시와 소설이 발표되면, 그 작품을 어떻게 읽는 것이 좋은지, 여러 논의가 있을 수 있습니다. 문학 비평은 그 작품을 읽는 방법에 대해 독자에게 알려 주기도 하고, 그 작품을 쓴 작가에게 감상과 평가를 전달하기도 합니다. 글쓰기를 통한 의사표현의 목적은 작품을 어떻게 더 잘 감상할 것인가, 작품에 대한 더 나은 해석은 어떤 것인가, 그 작품의 문학적 가치를 어떻게 평가할 것인가를 판단하기 위한 것입니다. 문학 작품에 대한 감상·해설·평가를 담아 글로 쓴 것이 문학 비평이지요.

둘째, 문학 비평은 더 나은 작품이 쓰이기를 바라는 마음에서 이뤄지는 문학 전문가의 글쓰기입니다. 문학 평론가는 소설가들이, 시인들이, 희곡 작가나 수필가들이 더 좋은 작품을 쓰기를 바라는 마음에서 쓴소리합니다. 문학 비평문은 각각의 작품을 감상하고, 해석하고, 평가합니다. 그 지향점에는 작가들이 더 나은 작품을 쓰고, 독자들도 더 좋은 작품을 읽게 되기를 바라는 희망이 자리하고 있습니다. 문학 평론가는 한 사람의 독자이자 작품에 의미와 가치를 부여해 주는 전문가이기도 합니다. 이러한 역할의 중심에는 좋은 문학 창작에 기여하겠다는 문학 평론가의 열망이 자리 잡고 있지요.

셋째, 문학 비평 또한 문학적 글쓰기 중 하나입니다. 문학 비평문도 시와 소설과 같이 아름다운 문장으로 예술적 의미를 표현할 수 있습니다. 시인이나 소설가가 아름다움에 관한 글을 쓰듯이, 비평가도 시인과 소설가가 발표한 작품을 미학적 관점에서 문학적으로 비평할 수 있습니다. 독자들이 비평문을 읽고도 아름답다고 느낄 수 있도록 쓸 수 있다는 것이지요. 이러한 비평문을 창조적 비평, 혹은 에세이 비평이라고 부르기도 합니다.

넷째, 문학 비평은 시와 소설 같은 문학 작품을 비평할 뿐만 아니라, 때로는 문학 비평문을 비평하기도 합니다. 이를 비평에 대한 비평, 메타 비평(metacriticism)이라고 합니다. 누군가가 시 작품에 대한 비평문을 발표했을 때, 다른 사람이 그 비평문을 읽고 자신은 그 관점에 동의하지 않는다는 비평문을 발표한다면, 그 시 작품을 둘러싸고 논쟁이 벌어진 것이지요. 비평에 대한 비평은 작품에 대한 평가를 둘러싸고 벌어지는 경우가 많습니다. 비평을 한 사람들 간의 세계관의 차이, 미학적 관점의 차이가 그러한 비평 논쟁을 불러일으키지요. 비평에 대한 비평도 문학 비평의 중요한 글쓰기 영역 중 하나입니다.

예민하고 능력 있는 매개자의 글쓰기

문학 비평은 개별 작품에 관해 이야기하는 문학적 글쓰기이기에, 어떤 사람들은 '비평 권력'이라고 말하기도 합니다. 문학 비평이 시나 소설보다는 우위에서 작품을 평가하는 권위적인 글이라는 것이지요. '비평 권력'이라는 비판에는, 비평의 권위적 평가가 미치는 영향이 긍정적인가, 부정적인가 하는 의문이 담겨 있습니다.

그 질문이 문학 평론가는 변사인가, 재판관인가, 하는 이야기와도 연결되지요. 어떤 사람들은 문학 평론가는 변사도, 재판관도 아니고 검사라고 이야기하기도 합니다. 검사는 문학 작품을 낱낱이 살펴 파헤치니까요. 문학 평론가가 검사처럼 행동하더라도 여전히 '비평 권력'을 행사하고 있다고 볼 수 있습니다.

문학 비평은 작가와 독자가 서로 대화할 수 있도록 돕는 중간적 글쓰기이자, 때로는 독자와 함께 작품을 더 깊이 읽으며 작품의 이해를 돕는 동반자의 글쓰기이기도 합니다. 그러니 독자에게 친근하게 작품을 해설해 주는 자세를 갖고 노력해야 하겠지요. 또한, 문학 비평은 '작가의 심미적 태도 변화와 독자의 미적 세계관 형성'에 기여하는 '예민하고 능력 있는 매개자의 글쓰기'여야 합니다. 문학 평론가는 때로는 작가를 독려하는 동료이기도 하고, 때로는 독자들이 문학적 식견을 더 넓힐 수 있도록 도와주는 조력자이기도 하지요.

생각 더하기+

북한문학도 한국문학에 포함되나요?

　우리에게는 한국문학이라는 표현이 자연스럽지요. 일본문학이나 중국문학처럼 당연한 표현으로 느껴집니다. 한국문학이라는 용어는 어떤 의미를 지니고 있는가라는 질문을 던져 볼까요? 한국문학은 '한국어로 쓴 문학이다'라고 쉽게 정의할 수 있습니다.

　그렇다면 북한문학은 어떤가요? 북한에도 '우리말인 한국어, 북한의 표현으로는 조선어로 쓴 문학'이 있습니다. 갑자기 한국문학이라는 표현이 어딘가 불완전하게 느껴지지요? 그 이유는 남과 북이 분단되어 있기 때문입니다. 1948년 남쪽에는 대한민국(한국)이, 북쪽에는 조선민주주의인민공화국(조선)이 수립되었습니다. 그 이후 우리는 우리 문학을 '한국문학'이라 부르고, 북쪽은 자신들의 문학을 '조선문학'이라 불러왔습니다. 남한 사람들이 '북한' 혹은 '북한문학'이라는 표현을 쓰면, 북한 사람들은 '조선' 혹은 '조선문학'으로 불러 달라고 강하게 요청합니다. 남한의 입장에서 부르는 표현에 반발하는 것이지요. 이렇듯 한국어(조선어)라는 같은 언어를 쓰는데도 누구의 입장에서 부르느냐에 따라 차이가 발생합니다. 그래서 어떤 사람들은 한국문학과 북한문학이라는 표현을 쓰지 말고, 남북통일이 되기 이전까지는 '분단문학'이라는 표현을 써야 한다고 주장하기도 합니다.

한국문학과 북한문학은 한 뿌리에서 태어난 문학입니다. 그래서 1948년 분단 이전까지는 공통의 고전문학사, 근대문학사를 공유합니다. 문학사를 서술하는 관점은 남과 북이 다릅니다. 한국문학사는 '자유'를 강조하는 관점에서 문학사를 문학 자체의 발전 과정으로 기술합니다. 북한에서는 조선문학사를 '평등'을 강조하는 관점에서 '주체 사실주의'에 입각한 역사 발전의 한 과정으로 문학의 발전 과정을 기술합니다.

문학사가 아닌 동시대 문학은 남과 북의 차이가 더 커집니다. 분단 이전까지는 같은 언어를 썼지만, 시간이 흐르면서 언어 쓰임새에서도 점차 달라지고 있습니다. 남과 북은 정치체제와 경제체제, 그리고 생활문화에서 차이가 나기에 언어도 달라질 수밖에 없습니다. 남북문학은 이제는 서로를 인정하지 않을 정도로 형식과 내용에서도 차이가 많이 납니다. 남한에서는 북한문학을 '3대 세습체제의 문학'이라 비판하고, 북한에서는 남한문학을 '제국주의 사상문화에 물든 자본주의 문학'이라고 비판합니다. 서로 알려는 노력이 없으면 상대방에 대한 일방적 편견이 쌓여갈 수밖에 없습니다. 남한의 일반인이 북한문학을 접할 기회는 제한되어 있습니다. 통일부의 '북한자료센터'라는 곳을 방문해야만 북한에서 간행한 『아동문학』,

• 2005년 평양에서 '6·15 공동선언 실천을 위한 민족작가대회'가 개최되어 한때 남과 북의 문학 교류가 이뤄지기도 했습니다. •

 『청년문학』, 『조선문학』, 『문학신문』 같은 매체에 게재된 작품들을 볼 수 있습니다. 북한도 마찬가지로 일반 사람들이 남한의 문학을 접할 기회는 거의 없지요.
 한때 남과 북의 문학 교류가 있기는 했습니다. 남한 작가들의 적극적인 노력으로 2005년에 평양에서 '6·15 공동선언 실천을 위한 민족작가대회'가 있었습니다. 또 2006년에는 금강산에서 남북 작가들이 모여 '6·15 민족문학인협회' 출범식이 개최되기도 했지요. 하지만 지금은 남과 북이 서로 문학적으로 교류를 하는 것이 쉽지 않아 보입니다.
 미래지향적 측면에서 한국문학을 '통일문학' 혹은 '남북통합 문학사'라는 관점에서 바라볼 필요가 있습니다. 공간적 측면에서 남한문학과 북한문학을 아우르는 한반도 중심의 문학이라고 포괄적으로 바라볼 필요가 있지요. 큰 역사적 관점에서 보았을 때 남한문학과 북한문학은 한반도라는 공간에 함께 존재했던 '서로 다른 체제의 문학'으로 기술될 것입니다. 그때는 북한문학이 한국문학에 포함되느냐는 전혀 중요한 문제가 아닐 수 있습니다. 오히려 남북의 분단 극복과 한반도 평화를 위해 '남한문학은 어떤 노력을 했는가', '북한문학은 어떤 노력을 했는가'에 대한 평가가 더 중요할 수 있습니다.

{ CHAPTER 05 }

미래의 문학은 어떤 모습일까요?

현대사회는 변화의 속도가 너무도 빠릅니다. 특히 과학기술 영역에서 이뤄지는 변화는 일상생활, 경제생활, 사회생활 전체를 뒤흔들어 놓습니다. 속도의 시대에 천천히 하는 모든 행위들이 위태로워지고 있습니다. 걷는 것도, 사랑을 하는 것도, 음식을 직접 만드는 것도, 책을 읽는 것도 위기에 처했습니다. 문학도 점차 시대에 뒤처지는 것처럼 보입니다.

문학은 테크놀로지가 급격히 변화하는 시대에 어떤 운명을 맞게 될까요? 만약 앞으로도 문학이 지속된다면 어떤 문학이 좋은 문학이 될까요? 한국문학만이 도전에 직면해 있을까요? 아니면 세계문학도 같은 도전과 마주하고 있을까요? 문학의 미래, 미래의 문학에 대해 생각해 보도록 해요.

1 좋은 문학이란 무엇일까요?

무엇으로부터 자유롭고 싶나요?

공부가 시험, 입시를 위한 수단이 되면 흥미가 떨어지기 마련입니다. 점수를 의식하고, 석차에 스트레스를 받으면 몸도 마음도 모두 지칠 수밖에 없지요. 뜻대로 되지 않아 자신에게 화가 나기도 하고, 가족들에게도 이유 없이 짜증을 내기도 합니다. 열심히 할수록 지쳐 탈진 상태에 빠지기도 합니다. 모두가 열심히 하니, 덩달아 열심히 하면서도 '내가 뭘 하고 있나' 하는 생각도 하게 되고요. 자유롭고 싶은 열망도 강해지지요. 시험으로 순위를 매기는 현실은 점점 더 나를 옭아매고, 주변에서는 모두 조금만 참으라고, 대학만 들어가면 모두 끝난다고 말합니다. 미래의 자유를 위해 현재의 억압을 참아내라는 것이지요. 이를 '유예된 자유'라고 합니다. 자유로운 미래를 위해 현실의 고통을 감내하는 것은 온전한 자유가 아닙니다.

 자유는 억압된 상태에 대한 냉철한 인식이자 억압으로부터의 벗어남입니다. 자유를 생각할 때는 '무엇으로부터의 자유'인지 스스로에게 물어야 합니다. 나를 가장 옭아매는 것이 무엇인지, 내가 가장 벗어나고 싶은 상태가 어떤 것인지 아는 것이 중요합니다. 그래야 내가 갈망하는 자유가 무엇인지를 알 수 있으니까요. 자유는 내 몸의 주인이 나임을 깊이 인식하는 것에서부터 자각이 이뤄집니다. 내 몸의 주인은 나인데 나는 시대적 상황, 공간적 제약 때문에 내 몸을 내 의지대로 움직일 수 없다면 어떨까요?

 직업의 자유에 대해 생각해 볼까요? 근대 이전의 사회에서는 '어느 집안에서 태어났는가'에 따라 평생의 직업이 결정되었습니다. 농민 집안이면 농사를 지어야 했고, 물건을 만드는 공인의 집안에서 태어나면 장인으로서 살아야 했지요. 천민인 백정 집안에서 태어나면 가축을 잡는 하층민의 삶을 살아야 했습니다. 근대사회가 되면서 출신 성분과 상관없이 자신의 노력으로 직업을 선택할 수 있는 자유가 주어졌지요. 이는 '신분제 사회의 억압으로부터의 자유'입니다. 봉건사회에서 근대사회로 넘어오며, 이러한 출신 성분에 따라 자유를 억압하는 것은 개선되었지요. 다른 한편으로 개인의 능력에 따라 직업을 선택할 수 있는 자유가 '개인 간의 경쟁'을 가속화시킨 측면이 있기도 합니다. 학교생활에서의 성적 경쟁, 사회생활에서도 무한 경쟁이 이뤄지는 것도 개인의 역량을 중시하는 근대사회의 특징을 반영한 것이지요. 이 외에도 사생활 비밀의 자유, 종교 선택의 자유, 양심에 따라 행동할 수 있는 자유, 그리고 학문과 예술 표현의 자유 등도 중요합니다. 이러한 자유는 헌법에 명시되어 있는 '자유권적 기본권'입니다. 물론, 개인이 자유권을 행사하기 위해서는 책임과 의무, 그리고 타인과 더불어 사는 사회윤리의 문제를 따져야 합니다. 교육을 위해 나의 신체를 구속하는 학교 규칙으로부터의 자유를 생각해 봅시다. 학교에 따라 벌점 제도가 있지요. 누적되면 평가에도 영향을 미치고요. 이러한 규칙은 자유를 제한합니다. 신체의 자유를 위해 학교에 다니지 않겠다고 하면, 헌법에 규정되어 있는 '교육의 의무'와 충돌하게 됩니다. 자유는 지금 당장의 노력으로도 실현될 수 있고, 지금부터 차곡차곡 준비해서 미래의 특정 시점에 도달해야만 향유할 수도 있습니다. 지금 당장 경제적 자유가 중요하다고 해서, 10대 청소년기에 경제적으로 독립한다는 것은 힘들지요. 이처럼 제한된 상황에 대한 인식도 중요하지요.

저는 고등학교 시절에 '여행할 수 있는 자유'를 꿈꿨습니다. 학교 정규 수업 시간도 빡빡하고, 늦은 밤 11시까지 야간자율학습도 해야 했던 시절이었으니 그 꿈이 얼마나 간절했겠어요. 그래서 고등학교 2학년 때는 작심하고 친구들과 함께 지리산 국립공원으로 2박 3일 등산을 떠나기도 했고, 당일치기로 월출산 등산을 하기도 했습니다. 그 시간을 내는 것도 부모님의 허락을 받고 학교에도 보고해야 했기에 제약이 많았습니다. 어머니는 허락해 주시면서도 항상 "이번만이야", "대학 가면 마음대로 할 수 있단다", "이번만 갔다 오고, 열심히 공부해야 한다"라고 했지요. 고등학교 3학년이 되고서는 여행이 전혀 불가능한 상황이었습니다. 그런 자유롭지 못한 억압 상황이 너무 답답했고, 여행할 수 있는 자유에 대한 간절함이 무척 컸습니다. 그때 만난 시가 곽재구의 「사평역에서」입니다.

시 「사평역에서」와 소설 「사평역」

곽재구의 「사평역에서」는 교과서에도 실린 시이지만, 그때는 그저 기묘한 분위기를 자아내는 뛰어난 시편으로 받아들였지요.

「사평역에서」는 "막차는 좀처럼 오지 않았다"는 시구로 시작됩니다. 대학 입시를 준비하면서 하루하루를 버티는 마음이 바로 '좀처럼 오지 않는 막차'를 기다리는 마음 같았습니다. 모든 시간이 한겨울처럼 추웠습니다. 입시를 앞둔 우리 각자의 내면에는 깊숙한 사연, 분노, 답답함이 가득 차 있었지요. 침묵하면서 묵묵히 견뎌낼 뿐이었습니다. 교실 안은 석유난로의 온기로 따스함을 유지하고 있지만, 교실 바깥은 온통 추위로 가득했습니다. 저는 곽재구 시인의 시 「사평역에서」를 읽으며 "낯설음도 뼈아픔도 다 설원인데"라는 시구절과 "그리웠던 순간들을 호명하며 나는/ 한줌의 눈물을 불빛 속에 던져주었다"라는 대목에서 눈물을 흘리고 말았습니다. 내가 쓴 시가 아닌데도 내 시처럼 느껴졌습니다. 이 시인은 누군데, 내 마음을 내가 경험해 보지 못한 풍경 속에 담아 주었지? 어떻게 하나의 풍경 속에 슬픈 마음을 이렇게 잘 그려 낼 수 있는 거야? '언어로도 그림을 그릴 수 있네' 하고 진심으로 감탄했습니다.

지금은 연착되는 기차를 기다리는 시골 역의 풍경은 거의 사라지다시 피 했습니다. 먼 외국의 여행길에서나 '연착하는 기차를 기다리는 시간'을 체험할 수 있지요. 이 시는 사무엘 베케트(Samuel Barclay Beckett)의 희곡 「고도를 기다리며」를 한국의 풍경에 서정적 언어로 표현한 것처럼 느껴지기도 합니다. 시가 발표된 것은 1981년인데요, 1980년대의 억압적인 한국의 사회 상황과 연착하는 기차의 이미지가 겹쳐집니다. "싸륵싸륵 눈꽃" 쌓이는 대합실 바깥 풍경, 그리고 각자의 사연을 안고 침묵으로 기다림을 감내하는 사람들의 모습도 인상적으로 그려져 있습니다. 사람들은 톱밥 난로 주변에 모여 있는데, 꼭 톱밥 난로 때문만이 아니라 서로의 체온 때문에라도 훈훈해집니다. '모여 있음'은 '연대하고 있음'과 같은 것입니다. 고등학교 입시나 대학 입시를 준비하는 마음도 같지 않을까요? '너만 혼자 해!'라고 하면 못 하는데, 모두들 묵묵히 참으면서 견디니 나도 해낼 수 있지요.

 좋은 문학은 사람들의 마음을 위로해 줍니다. 그리고 자신의 삶을 되돌아보게 하지요. 좋은 시와 소설을 읽으면, 마치 누군가가 내 마음을 대신 표현해 줬다는 감상에 젖어 들지요. 내 슬픔을, 내 기쁨을, 내 안타까움을, 내 분노를 시나 소설의 언어로 잘 표현해 준 작품을 만나면, 깊이 빠져들게 되지요. 독자는 좋은 문학 작품을 만나면 위로받을 뿐만 아니라, 더 나아가 질문하게 됩니다. '이 슬픔, 이 감정은 어디서 오는 것이지?' 하는 의문이지요. 「사평역에서」는 눈 내리는 바깥의 풍경과 멈춤, 침묵의 순간 속에 포착된 대합실 안 풍경을 잘 그려 내고 있습니다. 시는 순간을 포착하기에 '멈춤의 미학, 정지의 미학'이라고 할 수 있습니다. 그 순간의 멈춤

좋은 문학은 사람들의 마음을 위로해 주고, 질문하게 만들고,
그럼으로써 자신의 삶을 되돌아보게 합니다.

이 잘 구현되면, 압축된 시의 언어에서 오히려 더 풍부한 감성을 자극받게 됩니다.

곽재구 시인의 「사평역에서」는 1981년 《중앙일보》 신춘문예 당선작입니다. 1983년에 시집 『사평역에서』가 간행되면서 더 많이 읽히며 1980년대를 대표하는 시가 되었지요. 이 시는 한 편의 소설을 낳는 데 중요한 계기가 되었습니다. 소설가 임철우는 곽재구 시인의 「사평역에서」를 읽고, 이 작품을 소설로 창작하기로 마음먹습니다. 그래서 발표한 작품이 임철우의 단편소설 「사평역」입니다. 이 소설은 1983년 《민족과 문학》에 수록되며 처음 소개되었습니다.

임철우의 소설 「사평역」은 첫머리에 시 「사평역에서」의 한 구절을 인용합니다. 그 구절은 "내면 깊숙이 할 말들은 가득해도/ 청색의 손바닥을 불빛 속에 적셔 두고/ 모두들 아무 말도 하지 않았다"하는 부분입니다. 이 인용을 통해 소설 「사평역」이 시 「사평역에서」를 이야기로 다시 써낸 작품임을 분명히 하고 있지요. 시가 언어로 이미지를 만들어 낸다면, 소설은 이야기로 사건을 그려 냅니다. 임철우의 「사평역」에는 사평역의 나이 든 역장과 12년 동안 감옥에 있다가 풀려난 중년의 사내가 등장합니다. 그리고 대학교에서 시국 사건으로 인해 퇴학 처분을 받은 학생 오 씨, 서울 신촌의 주점 '민들레집'에서 일하는 춘심이라는 술집 종업원, 서울에서 식당을 한다는 중년의 서울 여자가 있습니다. 이들은 톱밥 난로 주변에 모여 앉아 자기만의 상념에 빠져듭니다. 이들이 간직하고 있는 이야기는 1980년대 보통 사람들의 살아가는 모습을 보여 줍니다. 역장은 기차역을 관리하는 일을 충실히 수행하고, 갓 교도소에서 출소한 중년 사내 허 씨도 과거의 사건을 되새깁니다. 퇴학당한 대학생도 사연이 있고, 술집 종업원도, 서울의 식당 주인 여자도 각자의 사연이 있습니다. 사평역 대합실 톱밥 난로 앞에서는 모두의 이야기가 평등한 거지요.

「사평역」은 인물 간의 갈등도 없고, 극적인 이야기 전개도 없습니다. 각자의 사연을 풍경화처럼 그려 냅니다. 「사평역에서」라는 짧은 시편에서 「사평역」이라는 단편이 탄생한 것도 놀라운데, 시와 소설이 참 어울린다는 생각을 할 때 더욱 감탄하게 됩니다. 1980년대는 전두환 군부독재 정권이 통치하던 때입니다. 이 시절은 중·고등학생들도 법적 절차를 거치지 않고 삼청교육대로 끌려갔던 어두운 시절이었습니다. 소설가 임철우는 1980년대 초반의 시대 상황을, 25년 동안이나 사상 문제로 감옥살이했던 허 씨, 5·18 민주화운동으로 제적당한 것으로 추측할 수 있는 대학생 오씨의 사연을 통해 그려 냅니다. 가난했던 그 시대 삶의 모습을 서울 식당 여자가 만나러 온 사평댁을 통해 보여 주지요. 시 「사평역에서」는 '침묵해야 하는 것'으로 이미지화하는데, 소설 「사평역」은 이야기의 옷을 입혀 다채로운 사연을 펼치지요.

좋은 문학이란 무엇일까요?

곽재구의 시 「사평역에서」와 임철우의 단편소설 「사평역」은 '좋은 문학이란 무엇인가'에 대한 적절한 대답을 줍니다.

첫째, 좋은 문학은 아름다운 언어로 마음의 풍경과 시대의 풍경을 적절하게 표현합니다. 시의 언어, 소설의 언어가 문학적 형상화의 중요한 도구입니다. 언어를 잘 다루어야 좋은 작가가 됩니다. 시 「사평역에서」의 한 구절인 "단풍잎 같은 몇 잎의 차창을 달고"와 같은 언어 표현은 감탄을 자아냅니다. 자정 넘어 운행되는 야간 막차의 열차 칸에 불이 켜져 있는 모습을 '빨갛게 물든 단풍잎'으로 표현했지요. 이런 표현이 바로 좋은 문학의 한 사례이지요. 독자는 언어로 구성된 문학 작품의 세계를 통해 자신의 경험 세계를 넘어설 수 있는 상상력을 확장합니다. 시 「사평역에서」가 압축적인 시적 언어로 침묵을 통해 더 많은 이야기를 하고, 소설 「사평역」이 인물 하나하나에 사연을 풀어냄으로써 시대의 풍경을 그려 내는 것처럼 말입니다. 좋은 문학은 언어를 잘 다룬 문학입니다.

둘째, 좋은 문학은 예술적으로 좋은 형식을 갖추고 있고, 전체적 구성도 내용에 걸맞는 개성적인 짜임새가 있습니다. 문학 작품은 허구를 통해 세계의 진실을 포착하기에 내용과 형식의 어우러짐이 중요합니다. 독특하고 인상적인 형식은 작품의 사상적 내용을 더욱 돋보이게 돕습니다. 형식은 '내용의 피부'입니다. 내용과 형식은 떨어질 수 없는 관계에 있지요. 내용에 형상을 부여해 주는 것이 문학 작품의 형식입니다. 문학적 구성도 중요합니다. 좋은 구성은 정서적 호소력을 갖추고, 감성의 통합을 이끌어 냅니다. 임철우 소설가의 「사평역」을 예로 들어보겠습니다. 한겨울 막차를 기다리면서 사람들은 톱밥 난로 주변에 모여 추위를 견딥니다. 모여 있는 모습이 중요합니다. 이것이 소설의 형식을 만듭니다. 모여 있는 사람들은 각각 사연을 펼쳐지면서 소설의 이야기가 풍성해집니다. 톱밥 난로 주변에 모인 사람들의 상념이 소설의 이야기가 되는 형식이 절묘하지요. 소설 「사평역」은 사평역 내부의 풍경을 묘사하고 이를 이야기 구조와 연결하고 있어 좋은 형식과 구성이라고 평가할 수 있습니다.

셋째, 좋은 문학 작품은 기존의 질서, 당연하다고 받아들였던 선과 악의 구분, 좋은 취향과 나쁜 취향에 대한 기준과 척도에 관해 의심하며 질문을 던지게 만듭니다. 좋은 문학 작품은 그래서 기존의 관점에서는 '위험하다'고 금기시되는 예도 있지요. 지금이 아닌 더 나은 세상을 상상하도록 질문하는 능력을 고양시키기 때문입니다. 당연하다고 생각한 것들을 의심하게 되는 순간, 스스로 올바른 기준에 대해 다시 생각하게 됩니다. 세상의 질서가 변하는 듯한 느낌에 빠져들지요. 좋은 문학은 금지된 것들에 대해, 악이라고 정의된 것들에 대해, 추하다고 가르쳐진 감각에 대해, 자신의 관점에서 다시 생각하게 하는 힘을 가지고 있습니다. 그렇기에, 자신이 미처 생각해 보지 못했던 세계가 좋은 문학 작품 속에는 담겨 있습니다. 사람은 누구나 자신의 경험 세계에 갇혀 있습니다. 이것을 편견이라고 하지요. '내가 경험한 것'은 나 자신의 것이기에 한쪽으로 치우칠 수 있습니다. 그렇다하더라도 그 생각은 나의 것입니다. 문제는 내 생각이 한쪽에 치우쳐 있을 수 있다는 점을 받아들이는 것입니다. 편견을 극복하면, 자신이 경험하지 못한 세계에 닿을 수 있습니다. 틀을 깨고 다른 세상과 마주하는 것이지요. 다른 사람의 슬픔을, 다른 사람의 삶을, 그리고 다른 사람이 자신의 의지와는 상관없이 빠져드는 곤란을 상상할 수 있게 됩니다. 소설 「사평역」에 등장하는 감옥살이를 했던 허 씨, 데모하다 제적당한 오 씨의 처지를 헤아려 보는 것도 한 예가 될 수 있습니다. 이를 통해 인간이라면 감당해야 하는 운명에 대해서도 다시 한번 생각하게 되지요. 좋은 문학 작품은 문학 작품 자체에 몰입하게 하면서도, 자신과 타인의 삶에 대해서도 좀 더 잘 이해하는 계기를 마련해 주지요.

넷째, 좋은 문학 작품은 무엇보다 주체적으로 자신의 삶을 깊이 생각해 보게 하는 힘을 지니고 있습니다. 문학 작품을 읽는 것만으로 삶이 변화하는 것은 아니지요. 문학 작품을 읽고, 그로부터 촉발된 상상력을 확장해 자신의 삶에 대한 결정권을 갖게 된다면 삶이 변화한다는 것이지요. 나의 삶이 변화하면 다른 사람의 삶에 대한 이해도 깊어지게 됩니다. 좋은 문학은 자신의 삶에 대해, 앞으로 살아갈 삶의 방향에 대해, 그리고 자신을 포함한 공동체의 현실에 대해 더 깊이 생각하게 합니다. 다른 사람의 삶을 더 깊이 이해하게 되면 내 삶에 대한 태도도 점진적으로 바뀌게 됩니다. 시 「사평역에서」를 통해 슬픔의 깊이를 느꼈다면, 그 깊은 서정은 자신의 삶에 대한 성찰로 이어지겠지요. 시 읽기를 통해 예전에는 미처 몰랐던 자신의 내면도 깊이 들여다보게 되고요. 이렇듯 문학과 독서는 나를 바꾸고, 타인을 이해하는 데 선한 영향을 미칩니다. 독자는 문학 작품을 읽으며, 분명 타인의 이야기인데도 자기 이야기 같다는 느낌에 빠져들곤 하는데요, 그 과정에서 위로를 얻기도 하고 생각의 전환을 경험하기도 합니다. 밖에서 안으로 향하는 느낌, 타인의 이야기가 내 이야기가 되는 경험 같은 거지요. 이러한 상상력의 확장은 자신의 내면에도 변화를 불러옵니다. 자아가 확장되는, 자신과 세계가 연결되는 경험이지요. 공동체 내에서의 삶의 변화는 상상력의 연대, 감수성의 연대를 통해 가능합니다.

저는 대학 입학 후 여행을 자유롭게 할 수 있게 되자마자, 저 자신을 위한 여행을 했습니다. '사평역'을 방문하는 여행이었습니다. 그 여행을 위해 곽재구 시인의 시집 『사평역에서』를 챙겼고, 임철우 작가의 소설 「사평역」이 수록되어 있는 책 『아버지의 땅』도 가방에 넣었습니다. 내가 간 곳은 전남 화순의 '사평'이라는 동네였습니다. 그곳으로 가서 대합실 안에 오래 머물러 보기도 하고, 대합실 바깥 구경도 맘껏 할 참이었습니다. 화순에 사평면이 있고, 사평면에 가면 '사평역'이 있으리라고 짐작하고 떠난 여행이었습니다. 광주에서 버스를 타고 화순 사평면으로 향했습니다. 그때 나는 '내가 꿈꾸던 자유가 이것이다'라고 버스 안에서 조용히 외쳤습니다. 여행할 수 있는 자유야말로 해방감을 느끼는 첫 경험이 아닌가 합니다. 내 몸을 내 의지대로 움직일 수 있다는 것에서 행복감을 느꼈습니다. 중학교 시절, 고교 시절에 꿈꾸던 해방여행을 감행한 것이지요. 사평면에 이르러 버스에서 내렸고 '외남천'이라는 하천 옆으로 난 길을 오래 걸었습니다. '이곳이 바로 사평이다'라며 뿌듯해 했습니다. 내 마음대로 시간을 쓰며 여유롭게 걸었지요. 외남천 옆 키 큰 포플러 나무들의 모습에 경탄하며 넓은 들판에 오래 시선을 두기도 했습니다. 그런데 깜짝 놀랄 일이 벌어졌습니다. 사평면의 한 구멍가게에 들렀다 주인 할머니에게서 "사평에는 역이 없다"는 말을 들은 것입니다. 상상하지도 못했던 일이었죠. 그 순간, 얼마나 허탈하던지요. 화순 사평면에 가서야 사평면에는 '사평역'이 없다는 사실을 알게 된 것입니다. 그뿐만 아니라 사평역이라는 곳 자체가 세상 그 어느 곳에도 없는 문학 작품 속 공간이라는 사실도 그제야 알게 되었습니다.

시의 사평역도, 소설의 사평역도 실제로는 존재하지 않는 공간입니다. 나중에야 자료를 통해 곽재구 시인이 그린 사평역의 실제 모델이 광주의 '남광주역'이었음을 알게 되었지요. 지금은 경전선인 '나주시 남평역'이 곽재구 시인의 「사평역에서」의 배경 공간으로 조성되어 있습니다. 문학적 공간, 역사적 공간으로 '남평'을 '사평역'의 공간으로 단장한 것이지요. 주소는 '전남 나주시 남평읍 광촌리 568-1번지'입니다. 이곳은 근대 문화유산으로 지정되었고, '전국에서 제일 아름다운 간이역, 남평역'이라는 표지도 서 있습니다. 남평역 입구 옆에는 '곽재구 시인의 「사평역에서」 배경역'이라는 나무 표지판도 걸려 있어요. 곽재구 시인이 '남광주역'과 '남평역'을 합쳐 문학적 상상력을 펼친 공간이 '사평역'이라고 볼 수 있을 것 같습니다.

문학 작품 속 공간은 작가의 체험이 언어적 상상력의 옷을 입어 실제보다 더 실감 나게 형상화되곤 합니다. 실제로는 존재하지 않은 공간임에도, 실제 세계에서 사는 사람들의 삶에 영향을 미칩니다. '사평역'에 관한 시와 소설이 지금까지도 많은 사람에게 읽히고, 또 감동적으로 슬픔을 위로해 주는 것처럼 말입니다.

2 한국문학도 세계문학인가요?

세계가 주목하는 한국문학

'K-문학'은 새롭게 등장한 용어입니다. 이전에 쓰이던 한국문학, 한글문학, 한반도 문학 등과 비교하면 생소하지요. 'K-문학'은 해외 여러 국가에서 번역되어 읽히는 '한국문학'을 지칭하는데, 'K-팝'의 영향으로 만들어진 용어입니다. 한국문학에 대한 외국 여러 나라의 관심이 이런 명칭을 쓸 수 있게 한 것이지요. 2016년 한강의 『채식주의자』(창비, 2022)가 영국의 권위 있는 문학상인 '맨부커상'을 수상하면서 해외 27개국 이상에서 판권계약을 체결했습니다. 2024년 10월 10일, 소설가 한강이 한국인 최초의 노벨문학상 수상자가 되었다는 소식은 K-문학의 새 역사를 쓴 큰 경사였습니다. 한국은 물론 해외에서도 '한강 문학 읽기 열풍'이 불었지요. 한강 작가로 인해 한국문학에 대한 관심이 세계적으로 고조되기도 했습니다. 조남주의 『82년생 김지영』(민음사, 2016)과 윤고은의 『밤의 여행자들』(민음사, 2013)도 해외 독자들로부터 호평을 받았습니다. 이 소설들은 민감하고 부끄러운 한국의 사회적 문제를 그리면서도 세계 각국의 독자들도 공감할 수 있는 이야기 전개를 보여 준다는 반응을 끌어냈습니다. 'K-팝', 'K-컬처'에 이은 'K-문학'으로 각국의 관심이 확산하고 있어요.

세계문학은 어떻게 정의할 수 있나요?

한국문학이 해외에서 주목받는 것은 한국인으로서는 뿌듯한 일입니다. 여기서 한 걸음 더 떼 보면 어떨까요? 한국문학과 세계문학의 관계를 살펴보는 것이지요. 세계문학은 무엇이고, 한국문학은 무엇일까요?

개인적으로 초등학교 시절에 읽고 푹 빠져들었던 책으로 『80일간의 세계 일주』, 『보물섬』, 『데미안』, 『톰 소여의 모험』, 『사랑의 학교』, 『알프스 소녀 하이디』 등이 있습니다. 이들 작품은 '세계 명작동화'나 '세계 아동문학' 등의 이름을 붙인 전집으로 간행되어 많이 읽혔습니다. 쥘 베른(프랑스), 로버트 루이스 스티븐슨(영국), 헤르만 헤세(독일), 마크 트웨인(미국), 에드몬도 데 아미치스(이탈리아), 요한나 슈피리(스위스) 등과 같은 작가들의 작품이었지요. 초등학교 시절에는 세계 명작 대부분이 프랑스, 영국, 독일, 미국 등과 같은 서구의 작품이라는 사실을 의식하지 못했습니다. 『아라비안나이트』(이란)나 『삼국지』(중국) 같은 작품도 있기는 했지만, 명작이라면 대부분 유럽과 미국 등 서구의 작품이었습니다. 세계 명작이 이렇게 구성되다 보니, 세계문학은 서구 문학이라는 인식을 가지게 되었지요.

세계를 넓게 보았을 때, 아시아·아프리카·유럽·북아메리카·남아메리카·오세아니아라고 할 수 있는데요. 그중 유럽과 북아메리카만 세계의 중심으로 간주되면, 그 외 지역은 세계의 주변부가 되고 맙니다. '세계 명작'이나 '세계 아동문학'과 같은 전집이 서구의 작품을 중심으로 구성되면, 아시아·아프리카·남아메리카·오세아니아의 작품은 주변부 문학으로 밀려나고 말지요. 한국 사람 스스로 우리를 세계의 주변부라고 생각했다니, 한때이지만 정말 이상한 일이었지요.

세계문학과 한국문학의 구분도 마찬가지입니다. 세계문학은 다음과 같은 의미로 사용되었습니다.

첫째, 북미와 유럽을 중심에 놓고 세계문학이라고 하는 경우가 있었습니다. 17~18세기 제국주의 시대 이후 서구 유럽 중심의 근대화가 이뤄졌습니다. 세계의 중심을 유럽이라고 바라보는 관점도 생겨났지요. 에드워드 사이드(Edward Said)라는 학자는 서구 중심으로 세계를 바라보는 관점을 '오리엔탈리즘(Orientalism)'이라는 용어로 비판했습니다. 오리엔탈리즘은 서구 유럽인들이 자신들을 세계의 중심에 놓고, 서구 유럽 이외의 지역을 세계의 주변부라고 생각하는 것이라 주장했지요. 이러한 지식체계를 만들고, 다양한 문학 작품과 학문적 성과를 표현하는 이데올로기가 오리엔탈리즘입니다. 비(非) 서구 지역의 관점에서 봤을 때는 극복해야 할 편견이지요.

둘째, 한국문학을 중심에 놓고 다른 나라 문학을 망라하는 방식으로 지칭하는 세계문학이 있습니다. 한국문학을 가장 중요하게 생각하고, 한국문학 바깥에 일본문학, 중국문학, 인도문학, 이란문학, 독일문학 등이 있다는 것이지요. 한국문학을 제외한 모든 문학을 세계문학이라고 일컫는 것이라고도 볼 수 있습니다. 이것은 오리엔탈리즘과 달리, 또 다른 방식의 자기중심주의라고 할 수 있습니다. 또한, 한국문학과 세계문학이라는 구분이 대등한 층위에 있지 않다는 문제가 있습니다.

셋째, 각 국가나 민족의 문학을 합쳐서 세계문학으로 지칭하는 경우가 있습니다. 개별 국가의 문학이 세계문학의 부분을 이루는 것이지요. 이는 각 국가나 민족의 문학이 세계문학을 구성한다는 접근방식입니다. 서로 대등한 관점에서 부분의 합으로 세계문학을 이룬다는 점에서 중립적으로 보이나, 각각의 국민문학이나 민족문학이 개별적으로만 존재해서는 하나의 통합문학으로서 세계문학이 될 수 없습니다. 국민문학이나 민족문학이 교류와 협력을 하지 않으면, 세계문학이라는 공통성이 형성되기 어렵습니다.

넷째, 인류의 문학으로서 세계문학을 이야기하는 경우가 있습니다. 각 국가의 문학이나 각 민족의 문학으로 구분하지 말고, 인류가 만들어 낸 문학 전체를 세계문학으로 바라보자는 것이지요. 세계주의, 보편적 인류애에 입각한 접근이기에 의미가 있지만, 각 국가의 문학과 각 민족 문학의 고유성을 존중하면서도, 보편적 세계문학에 다가가야 한다는 측면에서 비판이 제기될 수 있습니다.

세계문학을 둘러싼 논의

세계문학을 둘러싼 논의는 16세기 유럽을 중심으로 처음 이뤄졌습니다. 유럽 제국주의 국가들이 비서구 지역을 침략하면서, 유럽을 우월한 문명으로 보는 유럽 중심주의가 생겨났습니다. 유럽은 문명사회로, 비유럽은 야만으로 규정하여 제국주의 침략을 정당화한 것이지요. 이러한 유럽 중심의 근대적 세계문학에 균열을 가한 인물이 괴테입니다. 괴테는 유럽에서 처음으로 '세계문학'이라는 용어를 사용한 사람으로 알려져 있습니다. 에커만(Johann Peter Eckermann)이 쓴 『괴테와의 대화』에 따르면 1827년 괴테가 세계문학(Weltliteratur)이라는 표현을 쓴 것을 알 수 있습니다. 괴테는 세계문학을 유럽 각국의 문학, 각 민족의 문학을 극복할 수 있는 대안으로 보았습니다. 괴테가 동양 시문학의 영향으로 『서동시집』(1814~1819)을 간행했다는 사실에 비춰 볼 때, 괴테의 논의를 유럽 중심주의에 입각한 유럽 각국 문학의 교류만으로 해석할 수는 없습니다. 괴테의 세계문학론은 시대적 한계를 고려하기는 해야 하지만, 지식인과 문학인의 교류와 연대를 통한 공존이라는 측면에 주목할 필요가 있습니다.

괴테의 세계문학 논의 이후, 각국 문학의 교류와 연대를 통한 세계문학 구현에 관한 논의가 활발했습니다. 그중 프랑스 비교문학자 파스칼 카사노바(Pascale Casnov)는 중심부 국가는 그간 쌓아온 문학 자원을 토대로 좋은 문학을 승인하는 권리를 갖는다는 주장을 펼쳤습니다. 중심부 국가의 작가들은 축적된 역사적 전통 등을 통해 상대적으로 폭 넓은 자유를 누

유럽에서 최초로 '세계문학'이라는 용어를 사용한 괴테는
세계문학을 "국민문학이면서 세계적 보편성을 갖는 문학"이라고 정의했어요.

리며 작품을 창작하지요. 주변부 국가의 작가들은 상대적으로 덜 자유로운 상태에서 창작하고, 중심부의 인정을 통해서만 작품의 가치를 인정받을 수 있게 됩니다. 서구 유럽과 같은 중심부 국가들 사이의 문학에서도 '지배와 종속의 관계'가 형성되며, 이러한 고착화된 권력관계를 통해 세계문학을 장악한다는 것이지요.

세계문학의 지향점

'세계문학'은 다음과 같이 정리할 수 있습니다. '세계문학'은 현재의 상태를 보여 주는 용어라기보다는, 미래에 실현하고자 하는 이상적인 상태를 지향하는 개념이라고 할 수 있습니다.

세계문학과 한국문학이 만나는 지점에서 'K 문학'을 강조하며, 적극적으로 번역해 소개하려는 태도에 대해서도 되돌아볼 필요가 있습니다. 혹시 'K-문학'은 서구 유럽이라는 중심부 권력이 승인해 준 주변부 문학으로서 가치 평가를 받으려고 노력하고 있지는 않은가요? 세계 여러 곳에서 'K-문학'에 열광한다는 사실 자체에만 고무돼 다른 지역의 세계문학을 한국에서 적극적으로 수용하는 것에 대해서는 충분한 노력을 기울이지 않고 있는 것은 아닐까요? 한국문학은 각각의 개별 문학과 동등한 자격으로 세계문학의 일원으로서 교류와 협력이 이뤄져야 합니다. 그렇지 않고 서구의 세계문학 범주에 한국문학이 포함되는 것이라면 이는 서구문학의 영향력 강화에 한국문학이 힘을 더하는 것일 수도 있습니다. 정리하면, 세계문학은 특정 지역에 국한된 문학이 아닙니다. 인류가 전 지구 각각의 지역에서 창작·유통·향유하는 문학입니다. 주제의 측면에서도 인류의 보편적 가치인 자유·평등·박애의 실현을 위한 문학입니다. 이를 위해 전 지구 각계 각층이 문학을 매개로 상호교류와 협력을 하는 문학이 세계문학인 것이지요. 그렇기에 세계문학으로서 한 구성원인 'K-문학' 한국문학도 역할을 할 수 있을 때 보편적 의미가 있습니다.

세계문학의 일원이 된다는 것

한국문학이 다른 국가와 민족의 문학과 평등한 관계를 형성해 세계문학의 일원으로 참여하는 것은 어떻게 가능할까요? 서구를 중심에 놓고 문학적 교류를 하는 것이 아니라, 아시아·아프리카·라틴아메리카·오세아니아 각 나라의 문학과 교류하는 다양한 방안을 적극 모색해야 합니다. 서구가 중심이 되어 세계문학을 형성해 왔다면, 이제는 비서구 지역으로까지 확대하여 각각의 문학이 평등한 수평적 관계를 형성하며 문학적 교류가 이뤄지도록 하는 것이지요.

세계문학은 각국의 문학적 교류와 협력에 기반한 각국 문학의 총합입니다. 새로운 세계문학은 한국문학도, 베트남문학도, 네팔문학도, 조지아문학도, 예멘문학도, 토고문학도, 코스타리카문학도 서구의 문학적 기준에 의해서가 아니라 각국의 수평적 연대를 통해 그 일원이 될 수 있는 것이지요. 세계문학의 유럽중심주의에서 벗어났을 때 프랑스·영국·독일·미국 등의 나라의 문학만 세계 명작이 되는 것이 아니라 김려령의 『완득이』도, 손원평의 『아몬드』도 여러 명작 중의 한권으로 세계의 10대들이 읽는 문학이 될 수 있겠지요.

인공지능이 인간의 문학을 대체할 수 있나요?

인공지능 창작품의 출현

"무슨 응모작이 이래?"

"그러게요? 이상하지요?"

"혹시 인공지능이 쓴 작품 아니야?"

"만약에 그렇다면, 우리 심사위원들이 곤란해지지요!"

문학상을 심사하는 심사위원들 사이에서 농담처럼 오고간 대화입니다. 부자연스럽고 기괴한 작품을 보면, 새로운 문학적 실험을 한 작품이라고 호기심을 갖기 보다는 '인공지능(AI)의 창작품'이 아닐까 의심하게 됩니다. 예전에는 심사위원들이 다른 사람의 작품을 베껴 쓴 작품을 찾아내기 위해 고심했어요. 지금은 표절 작품이 선정될까 두려워하는 것이 아니라,

인공지능의 창작품을 선정 후보작에 올릴까 봐 걱정하고 있습니다. 다른 사람의 작품을 복제하는 것이 표절이라면, '인공지능의 글쓰기'는 생성형 인공지능의 글쓰기 복제인 것이지요. 인공지능의 특별한 글쓰기 복제를 어떻게 바라봐야 할까요?

인공지능의 상상력이 벌인 사건들

지난 2016년 일본에서의 일입니다. 일본의 SF 작가 호시 신이치(星新一)의 이름을 내세운 '호시 신이치 문학상'이 있습니다. 이 SF 문학상의 심사 과정에서 인공지능이 창작한 작품이 1차 심사를 통과하는 사건이 벌어져 세계적으로 화제가 된 적이 있어요. 인공지능의 발전 속도 때문이기도 했지만, 문학적 상상력은 인간의 고유한 능력이라는 믿음이 흔들리는 큰 사건이었지요.

2018년 한국에서는 더 놀라운 사건이 벌어졌습니다. 케이티(KT)가 웹소설 플랫폼 '블라이스(BLICE)'를 출시하면서 'KT 인공지능 소설 공모전'을 개최했습니다. KT는 '인공지능이 쓰는 소설'을 응모 받았습니다. 블라이스의 '소설 쓰는 인공지능(AI)'이라는 항목에서 「무표정한 사람들」(아인AIN)이나 「로맨스 무협」(개발3팀)과 같은 소설을 볼 수 있습니다. 이곳에 공개된 인공지능이 쓴 소설을 읽어 보면, 명사형 종결이 많고 서술어 사용이 부자연스럽지만 이야기의 전개에 큰 무리는 없습니다. 인공지능이 쓴 소설이라는 것을 전제하고 읽는 소설이기에 오히려 기괴한 긴장감을 발산합니다.

글 쓰는 인공지능의 등장

2022년 11월 30일에는 전 세계적으로 더 놀라운 사건이 일어났습니다. '오픈에이아이(Open AI)' 사에서 인공지능 챗봇 '챗지피티(ChatGPT 3.5)'를 발표한 것입니다. 챗지피티는 대화 전문 인공지능 챗봇으로 언어에 특화되어 있습니다. 챗지피티는 완전한 문장으로 공손하게 응답하며, 광범위한 데이터를 기반으로 하고 있어 문장 표현이 비교적 자연스러웠습니다. 챗지피티를 처음 써 본 사람들은 모두 놀랐습니다. 자유로운 언어 표현은 인간만 가능하다는 믿음이 깨지는 경험을 한 것이지요. 챗지피티의 등장으로 글 쓰는 인공지능은 하나의 사건을 넘어 공공연한 현상으로 자리 잡고 있습니다. 미래의 작가가 인공지능과 차별화된 소설을 쓰기 위해 챗지피티가 할 수 없는 상상을 떠올리려 고심할 것을 생각을 하면, 벌써 머리가 뜨거워집니다.

인공지능의 영향력은 문학의 세계에서도 지극히 커지고 있어요.

과학 기술의 변화가 문학의 세계에 미치는 영향

1986년 천리안, 1992년 하이텔의 PC통신 서비스가 시작된 이래, 지난 30여 년 동안 컴퓨터와 인터넷의 비약적 발달로 '읽고 쓰는 능력(literacy)'의 질적 변화가 일어났습니다. 1990년대 초중반까지만 해도 원고지에 펜으로 글을 쓰는 것과 컴퓨터로 타이핑해 글을 쓰는 것을 비교하며, 디지털 문화가 가져올 변화를 가늠하곤 했었습니다. 지금은 소수의 특별한 작가들만 '원고지'에 글을 씁니다. 컴퓨터는 글을 쓰는 도구에서, 작가의 신체 일부가 되었다고 해도 과언이 아닙니다.

작가들은 컴퓨터와 인터넷을 활용해 세상과 접속하지만, 조그만 액정 속에 정신의 일부를 감금하기도 합니다. 이 조그만 기계가 인간과 인간, 인간과 세계의 관계를 지배하고 있습니다. 0과 1의 세계는, 미학적으로 뛰어난 작품부터 분노를 발산하는 댓글까지 그 모두를 평균화시킵니다. 네트의 세계에서 문학이 역사적으로 구축해 낸 고유한 가치가 '0과 1'의 조합으로 전송되고, 향유되고, 저장됩니다. 그곳에서 문학적 아름다움은 평등한 데이터로 재배치되고 있습니다. 이 세계에서 아름다운 문장, 새로운 의미를 생산하는 문장, 각성과 통찰의 깨달음으로 충격을 주는 문장은 동경의 대상이 아닐 수도 있습니다. 누군가가 댓글로 호응하고 반응하는 문장만이 빅데이터의 지수를 올릴 뿐입니다. 밀도가 아닌 강도가 디지털 시대의 문장을 지배하게 될 것으로 보입니다.

개인용 컴퓨터가 등장한 이후, 30여 년 동안 컴퓨터는 작가들에게 인쇄

소이자 도서관이고, 우체국이자 전화국이며, 영화관이자 방송국으로 다양한 역할을 수행해 왔습니다. 작가들은 컴퓨터로 글을 쓰고, 자료를 검색하고, 원고를 전송하고, 작품에 대한 독자의 반응도 살핍니다. 처음에는 컴퓨터와 인터넷이 문학에 미치는 영향을 생각하며 편리성과 효율성이 커졌다는 것과 종이 인쇄 매체에서 전자 매체로 전환되었다는 것 정도로 생각했습니다. 이제는 아날로그와 디지털은 남극이나 북극 빙하의 깊게 갈라진 틈, 크레바스처럼 그 차이를 벌리고 있습니다. 작가가 온라인 상태에 있는 한 더 이상 고독한 장소에서 혼자만의 작업을 한다는 생각을 갖는 것은 불가능해졌습니다. 책 읽기는 하이퍼텍스트로 링크되어 멀티미디어 환경을 구축했습니다.

독자도 이제 작가가 창작한 작품 속 세계에 몰입하기보다는 하이퍼텍스트를 통해 '작품과 작품 사이를 횡단하고 도약하며 자유롭게 글의 숲을 넘나듭니다. 철학자 발터 벤야민(Walter Benjamin)은 현대인은 '지각의 산만성'에 사로잡혀 있다고 했습니다. 종이 인쇄 매체의 시대에 작가와 독자는 문학 작품을 통해 창작한 시간과 읽는 시간은 달라도 같은 시간을 공유한다는 믿음을 갖고 있었습니다. 이제, 디지털 다매체 시대에 '산만함'은 모든 사람의 환경이 되었습니다. 산만함이 인간의 시간을 파괴합니다. 온라인 상태에서는 모두가 산만하기에 현대인은 모두 함께 시간을 파괴하고 있는지도 모릅니다. 다만, 이 산만함으로 시간이 파괴되는 상황에 처했다는 것을 우리 모두가 알고 있는데도, 상황이 그러하다며 체념하곤 모두 함께 파괴에 동참하고 있는 것이지요.

인공지능 시대의 진정한 문학 작품

　인공지능이 문학을 하는 시대가 되면 작가와 독자들은 어떤 변화를 겪을까요? 과연 인공지능이 창작한 문학 작품에 사람들이 환호할까요?

　인공지능이 만든 문학 작품 속에서 독자가 사랑의 감정을 느끼고, 따뜻한 위로를 받고, 진정한 슬픔을 함께 나누게 된다면 미래의 독자는 열렬히 그 작품에 환호할 것입니다. 다만, 그 작품을 읽은 독자가 '경험을 내면화하지 않은 인공지능의 이야기하기, 시 쓰기'를 자연스럽게 받아들이는 변화 과정이 필요할 것으로 보입니다. 그때는 아마 문학의 형태도 지금과는 달라질 가능성이 큽니다. 인공지능이 문학 작품을 쓰는 시대가 올 것이지만, 그때의 문학은 지금의 문학과는 다른 모습일 것입니다.

　챗지피티는 벌써부터 시를 쓰고, 소설을 쓰고 있습니다. 일부 소설가와 시인들은 챗지피티의 도움을 받아 글을 쓰고 있기도 합니다. 그렇다 하더라도 아직은 창조적이고 독창적인 문학은 프로그램이나 알고리즘으로는 생성될 수 없으리라는 믿음이 있습니다. 문학 작품을 쓰고 읽는 동안 작가와 독자는 몰입의 순간을 경험하고 생각의 틈을 채워 넣으려는 사고 작용을 하고, 생각의 정지 상태에서 스스로를 다시 활성화하여 다시 생각을 시작하는 반복을 거듭합니다. 문학 작품을 창작하는 인간의 정신 영역은 끊임없이 서로 다른 것이 충돌하고, 우연히 얽히기도 하고, 때로는 오작동으로 비약하기도 합니다. 그런 무작위적 우연과 비약을 챗지피티와 새로운 인공지능이 감당할 수 있다면, 우리가 아는 문학은 사라질 것입니다.

인공지능이 글쓰기의 공허와 책 읽기의 몰입, 글쓰기의 열정과 책 읽기의 낭비적 탕진을 온전히 견딜 수 있다면, 그것은 인간이 향유하는 문학으로부터 급격히 이탈하게 될 것입니다. 아니, 더 정확히 말하면 그런 먼 미래의 상태에 이르면 인공지능도 더 이상 인공지능이 아닌 또 다른 존재가 되어 있을 것입니다.

좋은 글은 독자가 조금씩, 점진적으로, 스스로를 성찰하게 함으로써 스스로 다른 존재가 되어가도록 돕습니다. 인간은 미래를 확실하게 규정할 수 없기에 문학을 합니다. 존재를 잃어버리지 않기 위해 문학적 상상 속에서 존재를 바꾸는 것이지요. 아직, 문학의 미래는 '희미하면서도 냉혹한 빛'을 품고 있다는 믿음이 있습니다. 미래에 챗지피티나 인공지능의 도움을 받는 문학은 힘이 세질 것입니다. 하지만, 문학 자체를 온전히 챗지피티나 인공지능이 대체한다는 상상을 하는 것은 쉽지 않습니다. 왜인지 챗지피티나 인공지능이 쓴 문학은 인간을 창조적으로 변화시키기보다는 인간을 평균적이고 다만 안전한 상태에 머물도록 할 것만 같습니다.

인간 문제에 관한 진정성 있는 질문에 성실하게 답하려는 인간의 노력이 문학을 만들었습니다. 그 작품 속에서 작가와 독자는, 역사와 현재는, 창조성과 상상력은 생각을 멈추기도 하고 확장하기도 하면서 '내면의 놀람'을 만들어 냈습니다. '내면의 놀람'은 정신적 떨림이자, 마음의 비약입니다. '내면의 놀람'을 챗지피티나 인공지능이 만들어 내고, 인간이 그것을 향유하는 시대가 온다면, 그때 문학은 소멸할 것입니다.

생각 더하기+

청소년문학은 왜 따로 구분할까요?

여러분은 어린시절에 동시, 동화를 많이 읽었나요?

서점에서 책을 고를 때 그림이 화려한 동시나 동화가 아무래도 먼저 눈에 들어왔을 거예요. 예를 들어 황선미 작가의 『마당을 나온 암탉』만 봐도 글도 정말 좋지만 책에 그려진 김환영 화가의 그림 또한 돋보이지요. 이렇듯 글과 그림이 어우러지는 것이 동시나 동화의 특징 중 하나입니다. 그런데 점차 나이가 들면서는 어떤가요? 어느 순간부터 동시나 동화를 안 읽게 되지요? 구성이 단순해서 수준이 안 맞기도 하고, 그림이 있는 책은 어린애들이나 읽는 것처럼 느껴지기도 하고요. 그래서 중고등학생이 되면 '청소년문학'을 읽습니다.

청소년문학은 연령을 기준으로 하는 문학 구분입니다. 문학은 서정, 서사, 극, 교술로 구분하지요. 서정의 대표는 시, 서사의 대표는 소설, 극의 대표는 희곡, 교술의 대표는 수필이고요. 이것을 나이에 따라 구분하면,

어린이문학은 동시·동화·동극·동수필이고, 10대 청소년의 경우는 청소년시·청소년소설·청소년극·청소년수필이지요. 이 둘을 합쳐 '어린이청소년문학'이라고도 부릅니다.

참고로 '동화'라는 표현은 1923년 일제강점기에 방정환 선생님이 '어린이를 위한 이야기'를 부르는 말로 처음 썼습니다. 그후 조선총독부에서 1924년에 일본어로 된 『조선동화집』을 내놓았고, 심의린이 1926년에 『조선동화대집』(한성도서출판)을 출판하면서 '동화'라는 용어가 자리를 잡게 되었습니다.

그렇다면, 왜 '청소년문학'을 따로 구분하는 것일까요?

첫째, 누가 읽느냐가 중요하기 때문입니다. 문학을 세분화할 때는 운율에 따라서는 시, 이야기를 강조하면 소설, 연극으로 올리는 것을 전제로 하면 희곡 등으로 나눕니다. 하지만 '청소년문학'은 누가 읽느냐, 특히 어떤 연령대의 사람이 읽느냐를 중요하게 생각합니다. 그래서 어린이문학, 성인문학, 노년문학처럼 청소년문학도 연령대를 중심으로 구분한 것이지요.

둘째, 어려움의 정도에 차이가 나기 때문입니다. 청소년 시기는 신체적·정신적 변화가 빠르고, 또 사회문화적으로도 배움의 과정에 있습니다. 따라서 나이에 따라 글을 습득한 정도도 다르고, 복잡한 이야기를 이해할 수 있는 수준에도 차이가 있지요. 그래서 구체적으로 유년·저학년, 고학년, 청소년으로 구분하면서 '청소년문학'이라는 구분을 사용하게 된 것이지요.

셋째, 청소년문학은 형식적인 특징이 있습니다. 소설의 경우 동화와 같은 어린이문학은 분량이 원고지로 할 경우 200매 이하로 적고, 청소년소

• 청소년문학은 청소년의 눈높이에서 쉽고 공감 가는 언어로 성장, 갈등, 자아 탐색 등의 현실 문제를 진지하게 담아 냅니다. •

설은 원고지로 300~500매 이상을 차지할 정도로 분량이 많지요. 또 형식과 내용에서도 생활모습, 어투나 표현, 심리 등이 청소년의 눈높이에 맞게 그려집니다.

따라서 '청소년문학'은 성장기의 10대 청소년이 읽는 문학으로, 난이도의 차이와 내용적·형식적 차이에 따라 구분하는 것입니다.

아동문학, 어린이문학은 앞에서 이야기한 것처럼 1920년대부터 구분이 이뤄졌습니다. 그런데 청소년문학은 1997년 사계절 출판사에서 '1318문고' 시리즈를 간행하면서부터 분화가 이뤄지기 시작했습니다. 그후 비룡소 출판사에서 2002년 '블루픽션'(비룡소청소년문학선) 시리즈를 내놓았고, 다음으로 창비 출판사가 2007년부터 '창비청소년' 시리즈, 문학동네 출판사가 2009년부터 '문학동네 청소년' 시리즈를 발간했지요. 더불어 '사계절문학상'(2002), '블루픽션상'(2007), '창비청소년문학상'(2007), '문학동네

청소년문학상'(2011)이 운영되면서 청소년문학의 출판이 활발해졌습니다. 이러한 문학상을 받은 이재민의 『사슴벌레 소년의 사랑』(제1회 사계절문학상 수상작), 김혜정의 『하이킹 걸즈』(제1회 블루픽션상 수상작), 김려령의 『완득이』(제1회 창비청소년문학상 수상작), 손현주의 『불량가족 레시피』(제1회 문학동네청소년문학상 수상작) 등이 청소년 독자들에게 많이 읽히고 있습니다.